CB051689

HOMEM. CUIDADO, FRÁGIL

MARIO ROSA

1ª edição — Junho de 2019

Grafia atualizada segundo o Acordo Ortográfico da Língua Portuguesa de 1990, que entrou em vigor no Brasil em 2009

Editor e *Publisher*
Luiz Fernando Emediato

Diretora Editorial
Fernanda Emediato

Capa, Projeto Gráfico e Diagramação
Gaya Correia Dias Rabello

Preparação
Marcia Benjamim

Revisão
Josias Andrade

DADOS INTERNACIONAIS DE CATALOGAÇÃO NA PUBLICAÇÃO (CIP) DE ACORDO COM ISBD

R788h Rosa, Mario

Homem. Cuidado, frágil: prosas com melodia de amor e de destino / Mario Rosa ; organizado por Luciana Moherdaui. - São Paulo : Geração Editorial, 2019.

208 p. : il. ; 16cm x 23cm.

ISBN: 978-85-8130-414-4
1. Literatura brasileira. 2. Prosa. I. Moherdaui, Luciana. II. Título.

CDD 869.985
2019-545 CDU 869.0(81)

Elaborado por Vagner Rodolfo da Silva - CRB-8/9410

Índices para catálogo sistemático
1. Literatura brasileira : Prosa 869.985
2. Literatura brasileira : Prosa 869.0(81)

GERAÇÃO EDITORIAL
Rua João Pereira, 81 – Lapa
CEP: 05074-070 – São Paulo – SP
Telefone: (+ 55 11) 3256-4444
E-mail: geracaoeditorial@geracaoeditorial.com.br
www.geracaoeditorial.com.br

Impresso no Brasil
Printed in Brazil

Contato com autor: mrconsultoria@uol.com.br

Meus agradecimentos com muito amor

Este livro só existiu pela força dominante das mulheres em minha vida. Nos textos, como inspiração para as prosas. Na confecção, graças à sensibilidade e inteligência, que mulheres que admiro muito, e a quem sou grato, agregaram para que o conteúdo e a forma final fossem possíveis. Agradeço de coração a Luciana Moherdaui, responsável por garimpar entre os 150 textos iniciais aqueles que deveriam ser publicados. Com seu olhar rigoroso e sua habilidade refinada, Luciana foi quem teceu também o encadeamento das prosas. Afinal, o homem frágil foi uma voz que foi se formando em diversas emanações, e Luciana conseguiu plasmar as diversas estações, criando uma expressão que, eu, jamais seria capaz de encadear.

Outra mulher decisiva foi minha amiga Danielle Fonteles. Fez de tudo um pouco, e foi decisiva em me apresentar as outras mulheres que me ampararam nesse esforço.

Por fim, meu mais carinhoso agradecimento a Gaya Rabello, autora de toda a concepção estética e de toda a linda representação visual que, necessariamente, um livro de amor precisa ter.

Um agradecimento final a um homem frágil que admiro pela coragem, amizade e ousadia de sempre me apoiar em meus delírios autorais, meu querido amigo e editor Luiz Fernando Emediato. Num mercado editorial devastado por todas as crises, apostar num livro como este é uma prova de amor ao ofício de ser um editor.

Um tributo, *in memoriam,* ao genial psicoterapeuta Flávio Gikovate, que muito antes de todos pressentiu que o empoderamento de todos os gêneros iria produzir um homem frágil. Não um homem fraco, mas uma fragilização relativa do poder absoluto que um dia o machão misógino já possuiu.

Jaquelyne

Picasso, o homem das artes, das formas, cores,
dos amores

Pintou musas, mundos e universos das
paletas, nas telas com seus esplendores

Mas sempre haverá a musa-maior, a alma que
um dia chegue com sua paz e ilumine

Ah, Pablo, como entendo o brilho seu nos
olhos do outonal amor da amada Jaquelyne

Inspirado no quadro Jacqueline com flores, de Pablo Picasso

Ao amor, que lapidou a pedra
bruta e revelou minhas facetas.

Apresentação

Este é um livro sobre o amor. Também é um livro sobre o desamor, sobre a paixão, sobre o abandono, sobre a dor e sobre o recomeço.

Poderia passar horas diante da tela na qual escrevo esta apresentação para defini-lo. Porque não cabem no limite analógico do papel as diversas derivações do amor para descrever a prosa de Mario Rosa.

Mas este é, sobretudo, um livro que desvenda o homem frágil, absolutamente sensível, surpreendido pela vida, experimentado por uma catarse.

Se fosse uma música, remeteria à maestria de Vinicius de Moraes (1913-1980). Se fosse um filme, a remissão teria crédito do genial François Truffaut (1932-1984). O poeta brasileiro e o cineasta francês amavam as mulheres, de todas as maneiras possíveis, cuja percepção é estridente em suas obras.

Impossível não percorrer a obra sem, por exemplo, ouvir, na voz de Vinicius, "Meu pranto rolou" e ver "A mulher do lado", um dos clássicos de Truffaut. Entre uma série de outras canções e filmes desses brilhantes artistas, o leitor certamente fará as suas correlações.

Quem nunca viveu um grande amor? Quem nunca se desiludiu? Quem nunca quis tentar outra vez? Quem nunca sentiu a euforia de um encontro inesperado?

É a isso que se propôs Rosa, e o resultado é um precioso livro inteiramente dedicado ao amor.

Luciana Moherdaui

Mapa de Prosas

Chegues logo

Ai, amor, eu te pressinto. Estás pra chegar, eu sei, eu já te sinto

Eu te pressinto, amor, eu te pressinto. Não sei se é o desespero alucinado de querer amar ou se é o mais refinado faro de meu mais profundo instinto. Só sei que te pressinto. Percebo o farfalhar de tua alma caminhando suavemente sobre as folhas do destino. Quase que vejo de soslaio tua aura na diagonal em que caminhas. E sinto, sinto sim, que tu estás sozinha. E que o destino me trouxe de tão longe pros teus braços, para ti. E te trouxe também pro meu abraço, pra seres minha.

Eu percorri dentro de mim o meu caminho de Santiago. E tu serás a Catedral onde chegarei como o mais fiel dos peregrinos. E chegarei cheio de fé e de amor, glorificado, pois o caminho terá me transformado. Agora, eu entenderei por que a vida me levou pelas escarpas, por que eu divisei as cordilheiras, por que, afinal, eu vi brotar bolhas nos meus pés rotos. Tudo isso era pra te encontrar, porque tu eras a razão primeira que só saberei ao divisar o lindo brilho dos teus olhos, no teu rosto.

Eu te encontrarei e será como um reencontro. De duas almas que jamais se viram nesta vida, até aquele ponto. Mas haverá de cintilar uma conexão imediata, como a fusão dos átomos, que é invisível, mas desencadeia todas as reações que só quem entende são os físicos — com sua ciência exata. E assim um cogumelo nuclear há de se formar nas nossas íris. E sentirei tremer a terra, e uma tempestade no ar irá atravessar os nossos corpos. E só nós perceberemos que esse algo poderoso foi deflagrado. O amor de dois átomos humanos, finalmente encontrado. Nada será mais fenomenal do que cruzar contigo. E, para ti, será um abalo suave quando teu campo gravitacional colidir comigo.

Não, esse não será o Armagedom. Será o primeiro dia, o dia da Criação. E nosso encontro criará a luz. E toda a escuridão irá embora dos nossos universos. E eu te enxergarei e eu me enxergarei e nós, finalmente, entenderemos que as trevas se foram, sem regresso. E caminharemos juntos até o fim de nossa jornada. Não estaremos mais sós neste mundo, tudo há de se encaixar e não sentiremos falta de nada, pois teremos o que sempre buscamos: tudo. E tudo é a inocência de acreditar no amor, um amor puro e verdadeiro, o amor que procuramos pelo mundo inteiro.

E assim vou me entregar de corpo e alma. E receberei teu corpo e tua alma como recompensa e como um tesouro. E saberei valorizar cada dádiva que vem de ti, pois terei aprendido que nem tudo que reluz é ouro e que a maior fortuna nesta vida é olhar nos olhos e ver tua ternura. E poderei confiar na tua franqueza. E me encantarei, é claro, com tua radiante beleza. Mas saberei que o mais belo em ti é o que só eu enxergo. O milagre de encontrar a alma gêmea e tê-la bem perto. E sentir no coração que nunca estarei mais sozinho. E, assim, o mundo deixará de ser esse imenso deserto. Chegues logo, amor. Sei que estás vindo. Estás pra chegar. Estou sentindo.

Tudo isso era para te encontrar, porque tu eras a razão primeira

Matemática dos amantes

O amor só existe de verdade e não só nos desejos e vontades

Eu tenho um amor aqui e ele é imenso. É um volume que me afoga e não transborda, pois se encontra confinado. Não encontrei você para jorrar-me e abrir minhas comportas. E, assim, quem me vê enxerga um lago sereno e comportado. Mas eu, por dentro, sou uma torrente que se prende, que só quer se extravasar, se derramar, seguir sua rota. Minhas águas se acumulam e ultrapassam minhas bordas. Escorro-me por minhas paredes e deságuo para fora os filetes de minhas incertezas. O amor está explodindo minhas represas. Há tanto amor em mim acumulado e apenas um alento: o relógio da vida é o tempo.

Nada resta a não ser aceitar o jugo de um mundo e de suas leis selvagens. E assim vou me acumulando dentro de mim e faço parte só da paisagem. Vejo os desertos sem vida e sem viva alma que me circundam. E há também as multidões de seres que habitam lugares cheios de tudo, mas sozinhos de si mesmos. Há viajantes que procuram novas paragens, há exploradores que desbravam novos lugares, há os que se perdem buscando os seus caminhos. E aqui estou eu, um leito caudaloso e represado. Faço parte disso tudo, mas não faço. Pois não fluo. Não estou fechado ao mundo e muito menos hesitante. O que me falta é um vaso comunicante.

O amor pode existir e pode ser gigante, mirabolante, impressionante, pode ser deslumbrante, fascinante, acachapante, abundante. Mas nada disso importa ou tem valor. Nada disso é relevante, porque o amor, antes de tudo, tem de ser correspondido. Todo amor precisa de outro amor pra ser vivido. E não importam quais sejam as quantidades. Pode alguém possuir o maior amor do mundo e tudo isso será amor nenhum se não houver do outro lado sua metade. Matemática estranha é essa a dos amantes: o amor não se mede pelo que se ama, mas pelo que se derrama. E eu sou um lago cheio e abastecido. Tenho amor em abundância. Mas não amo. Pois não ama o amor que está contido.

Ai, amor, por que você é tão complicado e tão simples ao mesmo tempo? Você me diz que o amor não é o que está aqui dentro. Isso é pulsão, talvez vontade, desejo acumulado, um paiol de sentimentos. O meu lago não é amor. É minha vontade. Uma vontade de amar que é imensa. É um volume que me inunda e me transborda. Mas os amores são feitos de vontades, mas nem toda vontade faz parte de um amor. Porque o amor só existe quando existe de verdade. O amor não existe apenas nas vontades. Essa é a mais cruel das realidades (de quem ama ou um dia já amou): as vontades não existem por si próprias e, quando existem, só existem no amor.

Meu lago está cheio de vontades, de quereres, vaidades, que um dia, talvez, quem sabe, podem desaguar numa enxurrada e se derramar para um amor. O fundamental, eu sei, que aqui existe. Eu guardo o amor mais cristalino para verter de mim e também o mais sereno e mais puro. Eu guardo um amor que armazenei a vida inteira apenas para extravasar quando chegasse o momento de amar, eu lhe asseguro. Confesso que tenho um pouco de ansiedade revolvendo este meu leito. É que há tanto amor acumulado e a pressão é forte, tão forte, no meu peito que se um dia você chegar, amor, eu peço apenas, eu lhe imploro: chegue com calma, chegue com jeito.

Tenho amor em abundância,
mas não amo

Minha ribalta

Com emoção e a alma comovida, encontrarei o amor de minha vida

Quando eu olhar seus olhos e me encontrar, eu saberei. Terminou minha jornada. Eu cheguei. Cheguei a mim e ao que é de mim e que só você possui: o meu melhor, o meu amor, a minha inocência que existe e que só em você flui. Encontrar você será completar o que me falta. Aquele alguém em quem o meu ser alcançará minha ribalta. E poderei atingir finalmente a minha completude. E enxergarei seus olhos e contemplarei, enfim, a plenitude. E tudo isso irá acontecer com discrição e no silêncio. O mundo não perceberá, só nós, a eclosão de um acontecimento.

O mundo me trouxe de tão longe para entrar no seu destino. E fez você viver a vida inteira para se tornar minha parceira. E esse milagre quase impossível parecerá tão inevitável. É que nada é mais convincente do que o inexplicável. E viveremos nosso encontro como se nunca pudesse ter sido qualquer outra a possibilidade. A força de um amor quando se encontra transforma imediatamente tudo em realidade. E nossos olhos hão de se emocionar ao testemunhar esse momento de grandeza. E as lágrimas irão batizar os nossos rostos para celebrar o nascimento de um amor e sua beleza.

Eu olharei você e direi tudo que tenho para lhe falar. Só com o meu olhar. E você responderá de forma contundente e tudo estará inscrito no brilhar da sua lente. É que dois seres, que vieram ao mundo para serem um do outro, não precisam de palavras para mostrar o que no olhar já está exposto. E você me olhará e eu olharei você e tudo estará dito, em cada rosto. E eu lhe chamarei pela primeira vez de meu amor. E você me chamará do mesmo jeito. E eu sentirei e você sentirá a verdade pulsando em nossos peitos.

E todos os desencontros e todos os desvios percorridos, todas as angústias que sentimos, irão se transformar num grande alívio. Iremos entender que eram os caminhos que tínhamos de ter seguido pra nos encontrarmos. Tudo então fará sentido. E tudo parecerá uma rápida e fugaz espera. O que é a eternidade, comparada com os momentos fugazes e as quimeras? E você, você, eu saberei desde o primeiro instante, você é eterna, o ponto de chegada deste incansável viajante. E nós teremos, enfim, nos alcançado. E toda a trajetória percorrida fará parte do passado.

E, então, começaremos a caminhar pela estrada que sempre foi a nossa. Iremos desbravar nosso futuro. Eu, eu estarei pronto para seguir ao lado seu, pois a vida terá me preparado. Eu estarei maduro. E você será a minha melhor amiga, a minha amante, a minha confidente, o meu porto seguro. E eu serei o seu parceiro e saberei valorizar você a cada instante. E, assim, quando menos percebermos, terão se passado muitos anos. E olharemos para trás e nos lembraremos de que é a vida quem faz, e não nós, os nossos planos. É assim que eu sei que encontrarei o amor da minha vida. Com olhos emocionados e a alma comovida.

Enxergarei seus olhos e contemplarei, enfim, a plenitude

Redemoinhos do sentimento

Eis outra certeza: cego ou não, o amor é o território das surpresas

Estava com saudades de sentir saudades. Faz tanto tempo. Você está por aí, pelo mundo afora, e eu liguei uma chave aqui dentro. Rompi toda a paralisia, iluminei os salões modorrentos, pus pra funcionar de novo toda a engrenagem da afetividade. E pronto: você longe e eu já sinto saudades. O amor é um fio desencapado, um curto-circuito, é o inesperado. Sim, mas é também uma questão de querência, é uma decisão, é uma vontade, é uma opção, é uma deliberada providência.

Pode-se amar de qualquer modo e todos são válidos, pois amor não tem protocolos. Mas do que vi e do que sei, aprendi que o amor pode ir com o tempo se transformando. O amor espontâneo nasce, cresce e morre já se derramando. Ele vem e vai como um acidente. Rápido e sem nos dar chance, muda a vida da gente, e quando vimos amamos. Mas tem o amor mais consciente. Não digo que seja prudente, pois todo amor é irresponsável. Todo amor que começa se torna indomável. Mas há amores que não surgem nas nuvens. São amores com os pés no chão. E esses começam com alguma forma de decisão.

E não pense que amantes assim são autossuficientes, cerebrais, frios ou prepotentes. Não, é que amantes assim são como barragens lotadas. Estão cheios de amor, suas reservas estão carregadas. Mas, por baixo das águas paradas, turbilhões os revolvem por dentro. São redemoinhos de sentimento. E embora sua placidez externa os engane, o amor que eles têm quer apenas que se derrame. E eles apenas aguardam a hora exata, o momento determinante, para extravasar o amor, para inundar o mundo, verter toda a vazante.

Qual seria então o amor mais frágil? O que se joga sem refletir ou o que só se lança depois de um exame, um estágio? O primeiro parece ser o mais perigoso. É cego desde o começo e pode ser amor doloroso, pois não enxerga os riscos, não enxerga a estrada, não enxerga nada. Mas talvez exatamente por isso seja o que provoque menor sacrifício. Quem entra no amor sem ver, pode passar e terminar como começou: cego desde o início, pode não perceber o que deixou.

Já o amor de olhos abertos parece hesitante, parece covarde, parece cuidadoso. Mas há nele uma armadilha, uma sombra meio ardilosa. É que quem decide amar, em algum ponto, só o faz porque se sentiu seguro e pronto. E, por isso, é capaz de mergulhar de cabeça. De olhos sempre abertos, para apreciar a paisagem. O problema é que o amor não é ciência exata, e ninguém garante como vai ser a viagem. E quem ama de olhos abertos pode ser pego de surpresa. Cego ou não, o amor não, nunca é o território das certezas.

Amantes assim são como barragens lotadas, estão cheios de amor

Fera indomável

Amores predestinados, a gente não escolhe. Somos abençoados

Eu queria tanto ter a sua vida aqui na minha. E queria tanto que a minha se misturasse com a sua. Até que chegasse um ponto em que não houvesse mais duas criaturas. O que haveria seria a nossa mistura. Haveríamos nós e o nosso caminho até o fim dos nossos dias. Seria esse o nome da felicidade e da mais perfeita e radiante alegria, do sonho possível, que basta a gente acordar, abrir nossos olhos e despertar, porque a vida está aí. E pense bem: se o mundo nos trouxe de tão longe e nos fez atravessar tantas solidões e tantas agonias, falta apenas darmos nosso pequeno passo para cumprirmos a nossa profecia.

Estamos mais perto e mais distantes do que nunca. O amor possível e para sempre é uma fera indomável, arisca, que se aproxima aos poucos e pode vir, reagir com violência imprevisível. E também pode chegar, olhar nos olhos e nos sentir, depois fugir. Sua alma é um mistério, incompreensível. Pois essa fera indomável me circunda. Com seu faro, seus passos calculados de devorador, seu olhar de predador hipnotizante. E eu não sou presa nem me sinto ameaçado nesse instante. Eu olho o amor assim tão de pertinho e ele é que se assusta. Porque o amor é selvagem e ama sua liberdade. E olho para ele sem medo. Só com vontade.

Já houve um tempo em que os amores foram uma caçada. Em que havia presas abatidas, almas devoradas. Havia medo e pavor em cada movimento. O amor chegava e me encontrava armado e eu o fuzilava. E às vezes era eu a vítima da cilada. Mas hoje eu sei que o amor é a chegada dessa fera lá do fundo mais profundo de toda a mata. Uma fera que traz, sim, sua pele selvagem, que lhe cobre e lhe é inata. Mas traz também sua pureza que não faz parte deste mundo. É algo que a natureza fez e a gente só encontra, quando encontra, andando no meio da mais fechada selva. Deus que fez. E ainda assim uma única vez.

Arisco amor, todo amor é sempre humano. E as feras são seres tão delicados por maiores que sejam suas mandíbulas, por mais fundo que cravem as jugulares. As feras são fatos únicos, singulares. Têm a maior doçura do mundo e a maior ferocidade. Chegam perto, quase se entregam ao forasteiro, mas de repente dão um salto e um urro assustador e fogem para a mata, correm ligeiro. Podem nos devorar com sua natureza infinita, mas podem também se domesticar e ser a mais leal companhia, da amizade mais bonita.

O amor não me provoca medo. O amor me provoca curiosidade. Quando o vejo chegar tão perto de mim, sei que sua presença é dominante. Ao mesmo tempo, a essência do amor é algo involuntário, pois essa fera é indomável, e assim será quanto mais o amor for verdadeiro. E, assim, vejo o amor que mais quero se aproximar de mim. O que é puro, o que é sincero, o que é autêntico. E o que posso fazer? Nada. Amores assim são dádivas do destino, são ou não são amores predestinados. Amores assim a gente não escolhe. A gente é abençoado.

Amor é selvagem, olho para ele sem medo. Só com vontade.

Dois corpos

Especial seria ver o espetáculo de um amor como a aurora boreal

Você nem entrou na minha vida e deixou a inspiração de uma prosa com som de poesia. Senti chegando a brisa da sua alma esbarrando nos véus de minhas cortinas. E só por isso, sem jamais te ver, te ouvir, só de ouvir dizer, reagi de imediato e te esculpi em letras, de forma repentina. Como é forte o que mexe com a gente... Nem precisa acontecer pra chacoalhar, arrebatar, eletrizar os impulsos mais latentes. Enquanto tantos, às vezes, estão ao nosso lado e nada! Nada nos provocam, nada instigam, nada nos deixam enfeitiçados. O que acontece no amor é em nós ou é no outro, afinal? Somos nós autores ou personagens de um enredo teatral?

Somos nós que inventamos o amor ou é ele que nos inventa? Ou nós o inventamos e ele a nós inventa, assim como na erosão? Seríamos como a terra e o rio, na aluvião? Seríamos moldados pela enxurrada, mas também seríamos um leito onde só por nós escorreriam as paixões? Eu sei que só a sensação de amar já é amar. Assim como só o vislumbre do fim já é um amor inanimado. Ao contrário dos rios, os amores não precisam escorrer na realidade. Podem desaguar nas sensações tal cachoeira, sem jamais terem existido de verdade.

Uma vez vi alguém, apenas vi. E tudo mudou ao meu redor. Nada falei, nada ouvi. Mas a magnética força de uma rápida presença desencadeou em minha vida múltiplas transformações e diferenças. Foi algo de fora que me acessou ou eu que lancei uma corda para escalar uma montanha? Não sei qual é a resposta certa ou errada. Mas aquela presença deflagrou uma escalada. E minha vida mudou de rumo. Como é forte o que mexe com a gente... Às vezes, só de ouvir dizer; às vezes, só de cruzar os olhos, e o nosso curso muda totalmente.

De todas as forças do amor, a que mais me impressiona não é a que provoca rupturas. A que me parece mais poderosa é harmônica e silenciosa. É a que faz dois corpos caminharem juntos pelo espaço. O que faz um amor permanecer na órbita de outro? Este é o amor que eu chamo, entre todos, de amor do espaço sideral. É quando existe um campo de força invisível, uma atração gravitacional. É uma força ainda maior do que a que provoca afastamentos. É a que resiste a tudo e a todas as tempestades. E produz um fenômeno, o da eternidade.

O homem frágil já foi sol, já foi planeta, satélite, já foi cometa. E já entrou em combustão como um meteoro e deixou seu rastro fugaz nas atmosferas. Hoje passeia pelo universo, conversa com as estrelas e atravessa a escuridão. Não sabe mais o que é e qual a sua direção. O espaço tem tantas forças que mexem com a gente. Guardo em mim apenas o meu norte imaginário, meu ponto cardeal. Queria assistir ao meu amor se derramar sobre o meu planeta e iluminar os meus céus como a aurora boreal.

Somos nós que **inventamos** o amor ou é ele que nos inventa?

Acontecimento

Dos amores que eu vi, nada mais lindo do que os cegos que vivi

Hoje eu vejo a beleza nos olhos dos que amam e me pergunto: como pude não enxergar nos meus? Hoje eu noto a leveza dos amantes que se encantam e me assombro: como pude ignorar quando fui eu? Talvez amar seja assim mesmo, esse estado de letargia em que vivemos em tal comunhão, em tal sintonia, que acabamos hipnotizados. Simplesmente acontecemos e não olhamos nem notamos o que é vivenciado. Talvez só quem não esteja conectado é que possa perceber todas as sutilezas, belezas e grandezas de um amor quando é amado.

Pois eu ando vendo tudo de fora. E como é triste e lindo ao mesmo tempo! Vejo o olhar do desejo mais penetrante atravessar silencioso e indomável um salão todo, se propagando feito luz em meio ao vento. Vejo a doçura da afinidade e da amizade mais bonita se manifestar num flagrante espocar, a qualquer momento. Vejo o orgulho de quem conquistou seu domador, vejo o poder de quem enlaçou a sua tão adorável dama. Vejo as mais lindas peças se movendo no tabuleiro do amor, sob a mais exímia maestria de quem ama.

O amor é cego e talvez tudo que vejo de forma tão evidente não seja pelos amantes percebido. O amor não é pra ser visto, mas para ser sentido. E eles sentem. Como um dia já hei eu mesmo de ter me sensibilizado. Era quando eu estava imerso, estava dentro e não podia ser por mim analisado. O amor é tão lindo de se ver. Nada mais lindo do que dois amantes amando no mesmo lugar o mesmo amor ao mesmo tempo. O nome disso não é só amor. O nome disso é acontecimento. É um fato histórico, é um marco da vida: se viver uma vez, viva tudo, pois é uma bênção que talvez tenha sido pela última vez concedida.

O amor do encantamento, o amor triunfal da conquista, da vaidade e do autoconvencimento, o amor da mais genuína alegria e da entrega, o amor da maior amizade, o amor que morreu e vive na eterna saudade, o amor da atração irresistível, pois todos esses amores eu enxergo e desfilam pelos meus olhos, eles pouco se importam comigo. Os amores só olham pra si, mas como é bom vê-los de fora, aprender com eles, sorver suas formas, observar os seus toques suaves e provocadores. Da próxima vez que eu amar, eu quero que todos os amores que eu vi sejam meus mestres, meus professores.

Talvez amar seja assim mesmo, esse estado de letargia

Hoje eu olho os amores com ternura, pois capto a fruição que os amantes emanam naturalmente. Ao mesmo tempo, olho para mim e tento enxergar o meu próprio amor. Não há maior perda de tempo. No dia em que o amor chegar, eu não verei. A gente só vê o amor alheio. O nosso amor a gente vive tanto, pois é tão forte e tão inteiro, que só depois que passa é que paramos para olhar o amor. Mas o amor que está fora. O que está dentro a gente não vê. A gente vive, se emociona, se desespera, às vezes até a gente chora. Mas de todos os amores que eu vi, nada melhor do que todos os amores cegos que vivi.

Outro alguém

O novo eu ama alucinadamente e o que eu sou é um sol poente

Amor, eu preciso ser outro alguém pra você caber na minha vida. É que o alguém que eu sou não é suficiente. O meu alguém tem muros, cercas, obstáculos, ele resiste, não é condescendente. O meu alguém me isola em ambientes dentro de mim mesmo, na claustrofobia em que não poderei estar vivendo quando encontrar sua vida por aí, a esmo. É por isso que eu preciso tanto ser outro alguém urgentemente: porque eu preciso de você na minha vida, só sei que preciso de você, somente.

Esse outro eu será um campo aberto, onde eu e você desfilaremos os nossos dias. Ah, eu gostarei tanto desse novo eu porque nele eu viverei tantas alegrias! Todos os prazeres que você veio pra me dar e que eu, enfim, serei capaz de alcançar. Meu novo alguém será como um diamante: delicado e resistente e será multifacetado. E irá refletir a sua luz e a refração será um brilho apaixonado. E haverá tanta beleza em mim e em tudo que me cerca, que sairei do claustro para viver de porta aberta.

Meu novo alguém será um grande companheiro, e será forte para ter você do modo certo, pois você virá com toda sua intensidade e que exige, para tê-la plenamente, assim como o diamante, a qualidade de ser também forte, mas com uma lapidação suave que a encante. Ah, como será bom ser esse alguém que ainda não sou! E, cá entre nós, como eu o invejo! Eu invejo esse alguém que eu preciso ser porque ele tem você e ele só a tem porque merece. Porque conseguiu deixar-se para trás e se transformou para viver a plenitude, nada a menos, nada a mais.

Eu fico olhando o que sou e tudo o que ainda me falta para ser meu novo alguém. E sinto me atravessar um calafrio que me estremece por inteiro. É que sinto pela primeira vez que o impossível, o inimaginável, é plausível, não é sonho passageiro. Depende só de mim e de eu me apaziguar comigo. E libertar meu novo alguém para que possa viver a história toda que tem para viver contigo. O eu que eu sou precisa ir embora para que o eu que é seu possa se libertar, ganhar o mundo, correr pra fora.

Enquanto isso sou prisioneiro e carcereiro de mim mesmo. E olho por entre frestas de meu cárcere e a vejo. Meus olhos são só volúpia, mas você não é somente uma beldade. Você parece um encanto visto daqui, mas é realidade. Eu, fora de mim, com você, tenho outro nome: liberdade. Preciso ser outro alguém para você caber na minha vida. Para que eu possa caber nessa vida e, enfim, me permitir, me alimentar, de todas as emoções que eu nunca me deixei serem sentidas. Meu novo eu ama você alucinadamente. E o eu que eu sou está num fim de tarde, é um sol poente. A noite vem com seu manto e a lua vai sorrir e nos iluminar com sua luz mais envolvente.

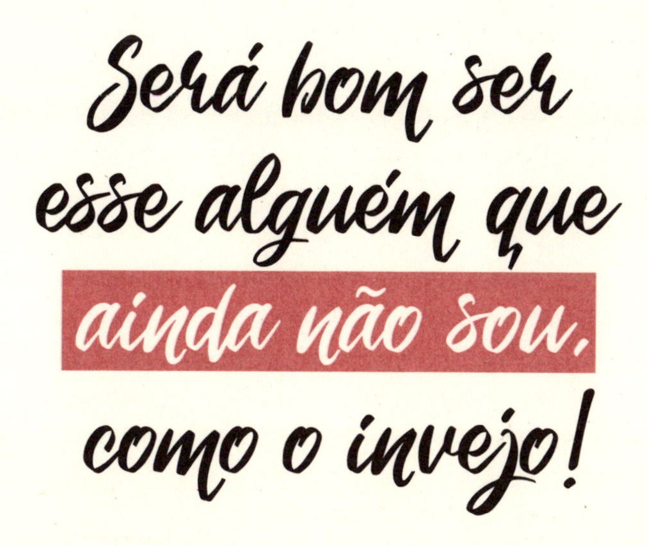

Meu amor

O eu te amo não é oração que se declara. É audição de quem fala

Como é bom te chamar de meu amor! E como é bom isso sair de mim assim tão facilmente, como se fosse a coisa mais previsível e natural! Logo eu, que costumava ser tão duro, fechado e tão brutal. Chamar você de meu amor às vezes, sim, às vezes me constrange. Mas quando vejo, já foi. É algo que escorre. Como a enxurrada que abre veias nos vales das montanhas, eu te chamo: meu amor, ai que coisa estranha! Foi como um jato d'agua: já te chamei assim, minha amada, assim como a torrente se despejou no rio, como a força irrefreável da água despejada.

Meu amor, meu amor, meu amor. Você está vendo? Não estou me contendo. É um tanto patético. Fazer o quê? Mas não quero curar. Não chamem um médico! Demorei tanto pra ficar doente. E que doença deliciosa é essa! Eu quero ir definhando lentamente, não tenho nenhuma pressa. Quero te chamar de meu amor e receber o mais definitivo diagnóstico: só existe um único remédio, é paliativo. O meu amor é incurável! O tratamento é eu me entrelaçar em você e vivermos o privilégio: o de um amor inigualável.

Amor, amor, amor, não vês que estou cada vez mais doente? Minha febre dispara, meu coração é mercúrio, dilata e é cada vez mais quente? Meu amor, meu amor, meu amor, minhas palavras não vão de dentro pra fora. É o contrário, amor. O amor é uma força que em mim aflora e me arranca de fora pra dentro o que tenho guardado e escondido: todo o meu sentimento. Então, eu não te chamo de meu amor. Não! Antes de tudo eu te ouço. Eu me ouço chamando você. E pode ter toda certeza: se é para ti, pra mim também é surpresa.

Amor, amor, amor, agora que estou te chamando é que posso perceber o significado do eu te amo. O eu te amo não é uma declaração. É falar, antes de tudo, consigo mesmo. É soltar um grito ao mundo. É falar o que estava preso lá no fundo. E que o amor que passa pela gente, somente ele, tem esse dom: produzir o eu te amo não como uma declamação, mas como uma audição. O eu te amo não é uma oração que se declara. É, antes, uma audição de quem fala. Eu me ouço agora. E porque me ouço estou ouvindo minha voz dizer essa estranha oração: meu amor, eu amo você. Você me ouve? Porque eu me ouço na mais límpida e perfeita modulação.

Meu amor, meu amor, meu amor, eu não estou apenas lhe dizendo: eu estou me ouvindo. E esse não é o meu, mas o seu som. É o som da sua alma em contato com a minha. É a vibração que você me provoca. Você é o meu eco: amor-mor-mor-mor-mor. Você ecoa na minha caverna escura, é o meu som favorito, meu acorde predileto. Meu amor, como a vida era um silêncio sinistro antes de você vibrar dentro de mim! E que delícia é toda essa algazarra que me transforma nessa pessoa bizarra! Um cara meio ridículo, sem noção nenhuma e nenhum pudor. Parece um doido varrido andando na rua, que cara maluco, repetindo esse mantra, meu amor, meu amor, meu amor...

Meu amor, meu amor, meu amor, não estou me contendo

Viver um sonho

Eu quero o que tem contido: não no pano, mas no corte do tecido

Tudo o que eu quero não é muito. Mas eu sei bem que você tem. Exatamente como me convém, você tem tudo o que eu quero. Tudo o que eu quero não é você, mas o que em você está contido. Tudo o que eu quero não é o pano. É o corte do tecido. Tudo o que eu quero é a sua singularidade: a de ter tudo que eu admiro e despertar toda a minha vontade. Tudo o que eu quero é viver um sonho com você com o mais cru e delicioso sabor da realidade.

Tudo o que eu quero é ver você acordar todos os dias e desfilar seu vulto sinuoso, num sem querer, num requebrar casual, quase balé ou poesia. Tudo o que eu quero é olhar seus olhos, hipnotizado, e ver nos seus a explosão do amor, ali, consumado, e dilacerar-me junto com você, enfeitiçado por esse milagre que nos fundiu, amalgamados. Tudo o que eu quero é uma equação mal resolvida: quando será a minha entrada em sua vida?

Tudo o que eu quero é sair com você pelo mundo afora. E desperdiçar cada segundo olhando fixamente seu olhar, vendo você acordar, você se vestir, vendo eu beijando você, vendo eu te abraçar, vendo seu corpo tremer. Tudo o que eu quero é ver o tempo passar. Com você. Tudo o que eu quero é viver. Com você. Tudo o que eu quero é aproveitar tudo o que eu quero, que é você. Tudo o que eu quero é não jogar fora essa grande chance. A chance de ter tudo o que eu quero. E tudo o que eu quero é ter você pra sempre, no mais lindo romance.

Tudo o que eu quero é o que há de mais absoluto e também o que há de mais relativo. Tudo o que eu quero ninguém compra, mas quem tem oferece e se dá, sem se dar conta. Tudo o que eu quero é o mais profano e o mais sagrado. Tudo o que eu quero é o mais primitivo e o mais elevado. Tudo o que eu quero é tão generoso, mas, inseguro, também pode ser o mais mesquinho. Tudo o que eu quero é o amor mais infinito, que não cabe em mim nem em você, mas tudo que eu quero pode existir num só espírito.

Tudo o que eu quero nunca foi tão claro pra mim. É ter você na minha vida e viver você intensamente como um amor que não tem mais fim. Tudo o que eu quero é praticar tudo que aprendi em minha longa caminhada e aproveitar cada segundo e não menosprezar do amor mais nada. Tudo o que eu quero é viver cada momento, cada dia, cada ano ao seu lado. Tudo o que eu quero é chegar um dia e olhar pra trás, com orgulho, por tudo que teremos vivido e conquistado. Tudo o que eu quero, eu sei de cor, não tenho qualquer dúvida, está totalmente esclarecido. Tudo o que eu quero só tem um porém: precisa existir para ter acontecido.

Tudo o que eu quero é o mais profano e o mais sagrado

É só olhar

Se tiver uma regra, o amor não é busca, mas uma entrega

Meu amor, percorro delicadamente cada degrau sagrado da sua presença. E ascendo lance a lance e deposito minha oferenda em seu majestoso altar. Eu lhe trago o meu tesouro mais precioso. Venho lhe entregar o que é seu, nunca foi meu: o amor mais verdadeiro que existe em mim, o meu eu mais amoroso. Eu lhe trago este amor porque, dele, você é dona. E como sei? Porque este amor foi feito para sair de mim assim que a encontrasse. É só me olhar: não vê como ele jorra e vem à tona?

Tenho de lhe contar como foi longo o caminho. Este é o relato de quem enfrentou os perigos, da vida foi um peregrino. E saiu lá do início com a audaciosa missão: trazer este amor imenso até seu coração. Quantas ameaças enfrentei nessa travessia! Quantas vezes pensei em não chegar ao destino! Mas eu sempre perseverei e enfrentei os dragões alados, as ervas daninhas, os espinhos mais venenosos, as víboras, os ofídios mais traiçoeiros. Mas não desisti e eis aqui o meu amor mais verdadeiro.

Ah, como é bom sentir essa sensação de missão cumprida! Porque se não a encontrasse, o amor teria sido um fardo que carreguei por toda esta vida. Sim, porque só a você poderia entregá-lo. Não sendo você, não haveria nenhum outro destinatário. E eu ficaria com esse amor aqui todo guardado. Porque este amor é só seu, não poderia jamais ser extraviado. Este amor sempre teve um endereço marcado: ou encontrava você ou ficaria perdido, abandonado.

Como foi difícil encontrar você e como foi fácil reconhecer o seu traço! O amor é assim: a coisa mais fácil e mais difícil, ao mesmo tempo, que existe no espaço. O amor é fácil, tão fácil quando deparamos com ele. E é tão difícil, tão difícil. Há tantos lugares errados. Fui como um carteiro batendo de porta em porta, mas foi só ver você para ter certeza de que a procura havia encerrado. Receba o meu amor. Ele é meu, mas não me pertence. Foi de você desde sempre.

Eu encontrei você, mas confesso que minha jornada nunca foi uma busca. Se houver uma regra, o amor não é uma procura, é uma entrega. E eu o entrego a você com a certeza de que em melhores mãos não poderia estar. Como eu sei? Eu não sei. O amor é uma questão de sentir e não de pensar. E eu sinto a dona do meu amor. O amor que eu guardei todo esse tempo dentro de mim. E eu me entrego com ele porque eu amo você. Porque você me revela que o amor não é para ficar guardado comigo. É pra viver com você, todo, inteiro, até o fim.

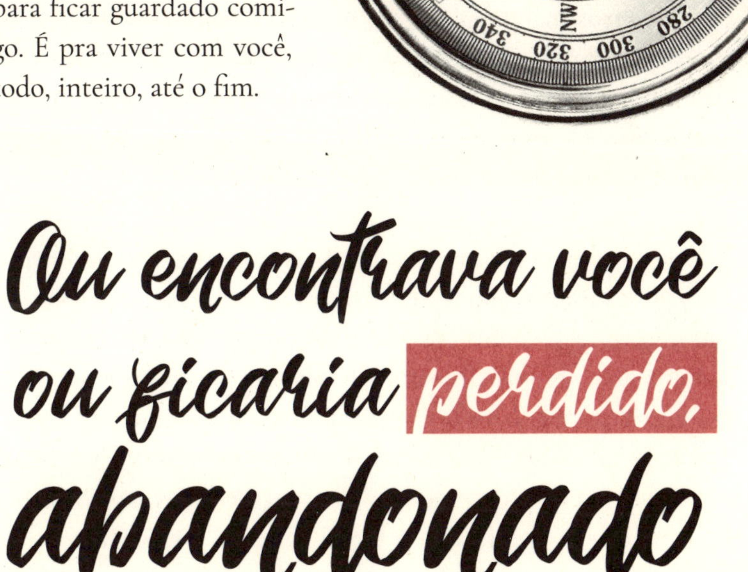

Som ao redor

O amor fala mais forte no que acontece e no que tira e oferece

O amor fala mais forte. Que o dinheiro, que os poderes, que os tiranos, que todos os projetos que façamos, o amor fala mais forte. Que os delírios, que os sentimentos elevados, que os braceletes cravejados, o amor fala mais forte. Fala mais forte o amor que todas as outras vis e vãs fantasias de grandeza, todos os projetos mais bem elaborados, todo o futuro mais lindo e mais bem calculado. Eu já ouvi o amor falar, eu já ouvi seu som com sobressalto. Por isso, eu sei que o amor, o amor fala mais alto.

O amor fala por meio dos gestos mais inconsequentes, das contradições mais indecentes, das escolhas contundentes. O amor fala mais alto por meio das recusas mais incontestáveis, dos afastamentos mais inexoráveis, das reviravoltas mais inacreditáveis. O amor fala mais alto por meio do silêncio mais absoluto, da perpetuação do mais extenso luto, do gesto mais gentil ou do mais bruto. O amor fala mais alto e é tão tão eloquente, que seu som, seu som potente, ressoa e assim eu o escuto.

Eu ouço o amor que grita na angústia dos amantes. Eu ouço o amor gritante nos sonhos delirantes, nas tramas dos farsantes, nos corpos trepidantes, nas faces hesitantes, nos olhares distantes. O amor fala mais alto nas atitudes dos que se rebelam contra sua finitude. Fala mais alto por tudo que encanta e ainda mais por tudo que ilude. O amor fala mais alto em todo o prazer que só ele é capaz de proporcionar, mas também em todo o desespero e a angústia que fazem as lágrimas brotar. Amor, como fala alto esse sentimento, como reverbera ao mundo o ser que o possui por dentro!

O amor fala mais alto e sempre tem razão. Mesmo irracional, contraditório, mesmo que ao fim produza o caos e a destruição. Porque o amor é uma voz que não é só pulsão. É um salto para o destino, é uma impulsão que nos remete não para aquilo que queremos, mas para o inevitável, para o rumo que sem saber é aquele que fomos feitos para sermos. O amor fala mais alto não porque nos faça encontrar o outro, mas para que nos encontremos.

Não, não subestime nunca esse grito que acontece às vezes nos silêncios. O amor se faz ouvir como um estrondo por vezes camuflado, mas sempre intenso. O amor fala mais alto também com suas crueldades. É quando desintegra o palpável e desfaz as realidades. O amor é essa fonte poderosa, incontrolável e que parece tão serena. Mas sua frequência é tão alta que, quando se libera, mostra sua força plena. O amor fala mais alto em tudo que nos cerca. Nos olhos que se abrem, na boca que se fecha. Em tudo que não foi, em tudo que acontece, em todos os encontros e desencontros que a vida oferece.

Eu ouço o amor que grita na angústia dos amantes

Sem perdão

Desculpas no amor não fazem sentido, pois tudo é permitido

Não, não me venha pedir desculpas. Não é o caso. A rigor, desculpas nunca são necessárias no amor. Porque quem agride não é o mesmo que vem falar as palavras doces do perdão. E o agredido não será, ao fim de tudo, o mesmo que sofreu a agressão. Porque todos – vítimas e algozes – se transformam com o passar do tempo. Então, os que foram um dia não serão aqueles que se encontrarão num próximo momento. É por isso que desculpas não fazem qualquer sentido: porque o agressor não é o mesmo que agrediu e tampouco é igual o agredido.

No fim do amor, estranhos nos tornamos. Desconhecidos. E se assim é, serão dois seres que jamais se encontraram, jamais se ofenderam, jamais se magoaram. Por isso é que desculpas não têm cabimento. Porque o ser que feriu mudou, ao longo do tormento, e é completamente outro na hora do reconhecimento. E o ser ferido era um no dia em que lhe atravessaram a adaga e, se sobreviveu, será totalmente diferente ao fim dessa jornada. Ora, o que dois alguéns que jamais se cruzaram podem dizer um ao outro? Como se desculpar de quê? Como desculpar o quê num desconhecido rosto?

A verdade é que o ferimento ficou num ser que repousa na lápide do passado. E foi por alguém já morto o tiro perpetrado. E o fato é que ambos não vivem mais neste mundo, nem o alvo da cruel frieza nem seu carrasco furibundo. E se morreram vítima e réu, para que desculpas, oh céus? Os fantasmas daqueles que um dia foram não são, não, não são a encarnação do amor que pulsava e que vivia. São sombras pálidas do que não mais existe. E não podem haver desculpas e perdões entre almas penadas que vagam pelo mundo e entre as quais o que há é o nada.

A rigor, o amor não é território para perdões. O amor é um campo de batalhas, a terra arrasada de nossas mais profundas emoções. É uma faixa da vida onde não existem leis. Tudo no amor é permitido. E se é assim, não há nada a ser redimido. No amor e na guerra, existem convenções, mas quem já foi combatente sabe que o vale-tudo é a única lei. A única lei do amor é amar. E, ao contrário das guerras, ninguém ama contra ninguém, mas a seu próprio favor. Então, não há tribunal para julgar amantes. Estão todos perdoados e que sigam a vida adiante. E que aprendam com seus erros e que amem mais e melhor da próxima vez. Somos todos aprendizes no amor. Ninguém ganha, nem é perdedor.

Os amores deixam cicatrizes? Sim. São as medalhas que ostentam os que já foram felizes. São as marcas conquistadas pelos heróis que venceram o medo e se lançaram contra o desconhecido, saíram das trincheiras e avançaram para arriscar uma conquista. Muitos pereceram, outros debandaram, mas há também os heróis que sobreviveram. Por tudo isso, o amor não envolverá nunca pedidos de desculpas. Porque o amor que morreu deve ser reverenciado no túmulo da memória. E os que se tornaram outros depois dele? Não são mais os mesmos. São outros. São estranhos. Fazem parte de outra história.

O ferimento ficou num ser que repousa na lapide do passado

Quebra-cabeça

O amor é obra de arte e não mero encaixe de qualquer coleção

Amores são obras-primas. Por isso são tão poucos. É quando o destino, a perícia e a inspiração acontecem ao mesmo tempo e se manifestam sobre a tela do linho mais nobre, do mármore mais reluzente, do bronze mais sedutor. O amor é o sentimento humano vivido no estado da arte. Os corpos podem viver cópias do amor, reproduções grosseiras, reproduções mecânicas ou industrializadas que, de tão perfeitas, podem parecer o amor mais verdadeiro. Mas há o amor autoral, o amor de obra-prima, e esses ficam expostos nas galerias de nossos mais lindos museus. Poucos os possuem para contemplá-los.

O homem frágil se emociona com a transformação do amor, que antes ia do líquido para o gasoso, evaporava. E agora se liquefaz. E depois se solidifica novamente, do éter volta para o sólido e depois retorna ao éter inúmeras vezes ao longo das novas formas de amar. Já houve um tempo em que o amor era material de longa combustão. E se viviam todas, ou muitas etapas, dentro de um mesmo amor. Agora, o amor é um quebra-cabeça, onde o amante coleciona suas peças e completa o seu jogo de acordo com a sua fruição, o seu destino, a sua vontade.

Essa é uma forma de amar em que cada novo amor preenche um espaço que faltava, como uma peça que se encaixa nos vitrais de uma catedral, como uma figurinha rara que completa o álbum e enche de felicidade o colecionador. Não há nada de mal nem de errado em amar assim. A rigor, não há nada de mal ou de errado em amar de qualquer jeito. Pois todo jeito de amar é permitido, porque o amor é um território sem lei e a única lei do amor é que, no amor, vale tudo para amar. E se os amores hoje amam amores de quebra-cabeça, que amem assim. Ou amem assado. Eu lhes desejo boa sorte e bom jogo.

Mas aqui, confesso, sou um tanto analógico. Meu coração ainda insiste em depositar o amor no Louvre e não em Las Vegas. Ainda teimo em sentir que o amor é algo mais próximo da arte que do jogo, mais próximo da criação que dá sorte e do azar. Por isso, jamais irei jogar quebra-cabeça no amor e nunca serei peça no jogo de ninguém. Porque só vale a pena ser dois quando o amor é uma obra-prima, uma peça única, uma criação inigualável, inconcebível, soberba, transcendental, digna de depositar em nossa mais majestosa coleção.

O amor que preenche apenas uma lacuna, que cumpre apenas um protocolo, que carimba um cronograma, é uma peça que se encaixa, mas não uma obra que se cria. E cada um tem que ter uma ambição no amor. Todas são válidas. Pode ser apenas a de completar um álbum, mas não é essa a minha, embora eu a respeite, pois não há melhor ou pior forma de amar. Há apenas amor e os diferentes rios que percorremos para desaguar nesse oceano. O meu é cheio de pincéis e tinta a óleo, buris, espátulas, telas, mármores, granitos, bronzes, pratas. Tudo isso jogado num enorme ateliê. O amor é obra de arte e não encaixe de qualquer coleção.

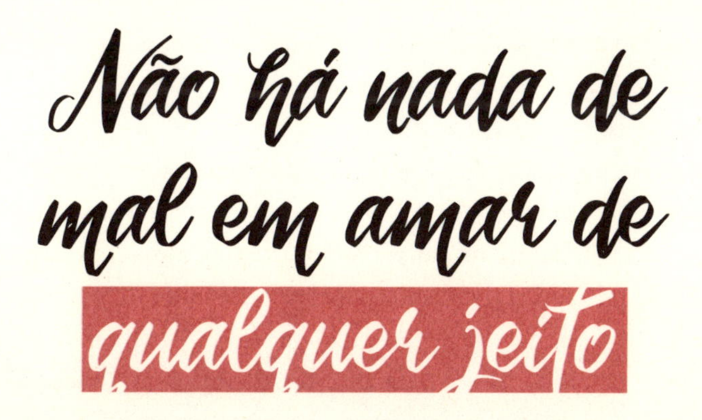

Vale-tudo

No amor, nada se perde, nada se cria. Tudo se transforma

O amor é a maior de todas as invenções, o maior dos delírios, mas o amor não é uma mentira. Mesmo quando os amantes mentem, mesmo quando somos enganados, pois no amor e na guerra vale-tudo. O amor tem sua própria ética, e a ética do amor é viver o amor, mesmo que descambe para o desamor, mesmo que resvale para a mais vil das mentiras, mesmo que provoque o mais tolo equívoco.

O amor não é uma prova de títulos. É um teste de laboratório. Não premia quem sabe mais, pois todos somos ignorantes nesse território. O amor pode ser simplesmente um experimento que sai do controle e explode tudo ao redor. E ainda assim não deixará vítimas, não haverá algozes. O amor tem sua própria lei, e na lei do amor todos são inocentes e culpados. Ninguém será julgado nem absolvido. O amor não é justo nem injusto. É amor. Caso encerrado!

Aqueles que nos enganam não nos enganam. Aqueles que mentem não são mentirosos. São mentores de nossa forma de amar. Porque quando encontrarmos a pureza e a verdade saberemos reconhecê-las, pois, antes, nos ensinaram o que elas não são. Então não há prejuízo no amor. Tudo é lucro, nada é perda, pois a lágrima de ontem poderá ser a seiva do fascínio no amanhã. E a dor será a fagulha de um futuro sorriso.

Os desencontros, na verdade, são os desvios que nos levam ao nosso destino; e os erros, o aprendizado que nos conduz à maturidade. O amor é uma sedimentação de diversas camadas de amores e desamores que formam o húmus onde um dia irá florescer nossa felicidade.

O homem frágil vê o amor de hoje em suas múltiplas colheitas e enxerga terras arrasadas, exauridas, após tantas devastações. Mas acredita que a decomposição de amores e vivências pode produzir também uma fertilidade como jamais se viu em qualquer superfície. E procura esse solo frutífero para fincar suas raízes. O amor é um terreno que formamos com todos os nutrientes que revolveram nossos sentimentos. Por isso, no amor nada se perde, nada se cria. Tudo se transforma.

O amor
não é justo
nem
injusto,
é amor

Ferida aberta

Para entender a traição, é preciso entender o amor

Hoje, eu quero tocar numa ferida aberta e lancinante, que só de passar a brisa mais amena faz sofrer a alma dos mais intrépidos amantes. Mas eu não quero menosprezar a dor daqueles que já sentiram essa fisgada que provoca a câimbra mais aguda no músculo pulsante. Não, eu quero apenas confortar um pouco os sofredores – e eu já fui um deles – para que sofram menos. Para isso, é preciso entender melhor não somente a nossa dor, mas aqueles que a provocam. A mais cruel de todas as verdades é que a traição faz parte do amor. E para entendê-la precisamos antes entender o amor, o amor em sua altitude e em sua latitude.

Quem já foi traído sempre guardou o sabor amargo de sentir o golpe desferido do *front* menos esperado, a invasão perpetrada pelo exército aliado e mais forte. Mas quantos já não traíram e não sentem um único fiapo de arrependimento? E quantos mais já não foram traídos e já traíram e sentem tudo e nada ao mesmo tempo? Carregam mágoas insuperáveis e remorsos inexistentes? Pois não há aberração em nada disso. Há seres humanos, imperfeitos, contraditórios. E há também amor, uma força inexplicável, um território sem lei, mas que nos governa, às vezes com tirania.

Todos os que sofreram ou sofrem por amor merecem sempre o ombro e as mais lindas poesias e o mais lindo amanhecer e a mais bela possibilidade de recomeçar, de amar de novo, de superar todos os traumas. Mas não é sendo impiedoso com a traição que se poderá amar melhor. Porque alguns traem apenas porque é o jeito desses de amar. Amam assim não contra quem amam. Amam assim porque essa é natureza do seu amor. E todos temos

Trair muitas e muitas vezes é um gesto de amor

nossa natureza. Outros traem porque o amor que vivem já não vive e eles querem desesperadamente viver. Não são assassinos. São sobreviventes. O amor é tão generoso e o que o homem frágil sugere é que sejamos generosos até mesmo com as dores mais pungentes, pois são dores do amor. E o amor é perdão, ao menos o amor que foi vivido ao ponto de ser olhado nos olhos e visto no fundo da alma.

A traição tem sabor doce ou amargo. Depende de como se lhe prove. O homem frágil já degustou ambos os paladares, em receitas antagônicas preparadas por esse *chef* excêntrico chamado destino, pois de tudo que vi acho que a traição não é uma violência. Não no sentido de um coração ferir com a adaga o coração do outro. Já feri e fui ferido. O homem frágil fala com a mão e o peito sujos de sangue, de quem cravou o punhal e já foi varado pela peixeira.

Ninguém trai contra ninguém, mas a seu próprio favor. A traição começa traindo o traidor, como aquele passo em falso que se dá no primeiro degrau de uma longa escada e que leva a outros e por fim a todos e, enfim, ao tombo derradeiro no instante final. Ele perde o controle de si. A traição é um impulso que expele um amor em direção a outro e essa força cega não quer ferir, quer apenas amar. E não se ama contra ninguém, mas a favor de alguém. Por isso, o ato fere o traído, mas não foi essa a intenção.

Somente quem provou esse sabor em seus gostos antagônicos pode entender sua composição na plenitude. E perdoar. Não, não o perdão sagrado dos beatos, mas o profano dos pecadores. Porque nada mais humano do que amar. E trair muitas e muitas vezes é um gesto de amor. Um passo corajoso de uma alma que se lança do solo seguro de um amor exaurido e se joga num voo sem redes de proteção em busca de um coração que volte a bater com a força de todos os riscos. Há beleza e coragem nesse gesto. E onde há beleza, coragem e amor não pode haver revolta.

Dói, mas é preciso entender não o outro, mas a natureza do amor. E o amor é essa busca que às vezes estraçalha catedrais para produzir milagres. E o que são catedrais perto de milagres? Meras construções. Bem-aventurados sejam aqueles que jamais venham a experimentar essa iguaria que o amor às vezes pode servir a contragosto. Nada melhor do que amar e ser amado. Mas o amor é amor porque é um vento suave que, de repente, se transforma em tempestade. Mas as tempestades também passam. E a natureza se renova. Assim também como o amor.

A traição é um impulso que expele um amor em direção a outro

Medo lancinante

Entrei no amor pela porta da dor, mas não quero sair pela porta dos fundos

O amor me provoca temores. Sinto, quando ele chega, o medo que se acerca de mim e me rodeia. E é quando me sinto ameaçado, vulnerável, frágil. A chegada do amor não me traz a euforia dos apaixonados: traz primeiro a angústia dos desesperados. Mas por quê? Por que, se amar é tão bom e um encontro tão esperado? Por que se sentir frágil de algo que fortalece o coração?

Acho que entrei pela primeira vez no amor pela porta do sofrimento. E, desde então, toda vez que cruzo seu limiar aquela mesma sensação inaugural se revigora. Porque, na origem, amor e dor foram substâncias que chegaram plasmadas dentro de mim. E hoje, tanto tempo depois, como um rato de laboratório, quando pressinto a bênção da felicidade nos meus olhos vidrados noutros, sinto o amor. Mas, involuntariamente, sou abalroado por um contrabando, pelo medo que não, não existe naquele amor e que aflora quase como um condicionamento.

Hoje pelo menos tenho consciência desse medo. Antes eu o sentia sem perceber, pois ele parecia inevitável de tão natural. Ele parecia ser parte do amor. Hoje sei que não é. Hoje sei que esse medo é um sintoma de que estou amando ou predisposto a amar. Mas mesmo assim eu o sinto.

Uma vida sem amor é uma vida sem medos, foi esse o condicionamento que aprendi para sobreviver. Mas hoje estou mais curioso e queria saber finalmente como seria uma vida com amor e sem temores. Acho que seria a plenitude e eu ando pensando se estou preparado para ter a ambição dessa ousadia.

Porque o não sentir sempre foi a minha morada ou pelo menos o sentir com limites demarcados. O medo é uma muralha que afasta, e as muralhas protegem. Mas por que temer o amor, eu me pergunto? E me pergunto ainda mais: como não temer? Como não anular, como não cair na minha mesma velha armadilha?

Todas essas questões só surgem porque o amor está ao meu redor. Eu o reconheço. Instintivamente. Eu noto a força de sua presença. E hoje, pelo menos, eu me tornei mais amigo de mim mesmo, e conversando comigo posso desabafar e pedir conselhos para esse eu que antes não dialogava consigo próprio.

Eu não tenho nenhuma pretensão de acertar. Eu queria apenas errar de um novo jeito e me pergunto se já não cansei de errar da mesma forma. Afinal, tanto tempo passou... e será que é minha sina ser incapaz de aprender e mudar? Logo eu que já mudei tantas vezes, em tantas coisas, não irei mudar naquilo que ainda me falta sentir? Vou passar pela vida como uma variável fixa em minha equação? Ainda mais tendo, finalmente, a mais clara consciência disso?

Hoje eu não sinto medo de nada. Apenas de mim. Sinto medo que o meu medo se intrometa no amor que possa sentir. Sinto medo de repetir uma piada que não tem mais graça. Eu não quero apenas amar esse amor. Eu quero vencer pela primeira vez o desafio de amar por um novo caminho. Pois eu sei que se conseguir trilhá-lo não terá sido apenas um amor, mas uma transformação.

Entrei no amor pela porta da dor, mas hoje não quero sair dele pela porta dos fundos.

Metade de mim

O amor em minha mente: olhos de águia e ouvidos de serpente

Sabe qual é a maior de todas as minhas dualidades? Saber de tudo e me enganar completamente. Saber toda a verdade que mais corte no amor e no amante e me iludir, sonhar, me entorpecer e inventar todos os roteiros mais fictícios e dementes. Então, tenho de ter olhos de águia para amar e ouvidos de serpente. Tenho de saber de tudo e nada escapar do meu olhar de lince, mas ao mesmo tempo tenho de me enganar como uma criança e viver num maravilhoso mundo cheio de Alices.

É difícil amar enxergando e sendo cego, é difícil amar desarmando as enganações para, a seguir, enganar-me com meu ego. E com todas as fantasias que invento e todas as criações que imagino apenas para encaixar uma vida em meu destino. Só que a sirene da razão é disparada toda vez que isso acontece. E lá se vai mais uma invenção pelo caminho. E sigo assim sozinho. Metade de mim é um estúpido que sabe nada e só se engana. Metade de mim é um estúpido que sabe tudo e que não ama.

Para amar, uma metade minha precisa saciar todas as dúvidas. Precisa dissecar uma alma totalmente. Precisa mapear todo o campo minado. Precisa passear, atravessar, dissolver o objeto do amor, reconstituir sua trajetória por inteiro e lhe devorar o seu passado. Essa metade levanta os véus e escancara toda e qualquer possibilidade de olhares tolos. Essa metade é a que me diz ninguém é dono de ninguém, todo mundo tem a sua história, o amor não é coisa de cinema e você, metade, é apenas mais um personagem dessa cena.

Mas para amar, minha outra metade me exige fechar os olhos. E sonhar e me iludir e acreditar em todas as fantasias mais maravilhosas. Essa metade precisa amar num reino encantado e ver no seu amor uma princesa habitando um mundo cor-de-rosa. Essa metade minha é uma criança que ainda acredita em todos os duendes, em todas as lendas; essa metade minha não sabe amar com os olhos frios da realidade. Ela só consegue amar acreditando que amor é o reino fantasioso da pureza e da sinceridade.

As minhas metades me puxam para extremos opostos. Mas por uma estranha coincidência, talvez obsessão, meu eu inteiro continua a acreditar que é possível, que é possível amar mirando o amor com a lente perfurante do real e com a outra, que inventa mundos e castelos no invisível. Meu grande amor terá de ter o dom de saber me enganar e de revelar os seus porões ao mesmo tempo. Só esse amor saberá conciliar minha fome pela verdade absoluta e pela mentira mais inacreditável. Meu amor será essa grande feiticeira, que me fará amar na estreita faixa que existe entre o absurdo e o palpável.

O meu grande amor terá de ter o dom de saber me enganar

Está aqui dentro

Você pergunta: cadê o amor nos meus olhos? E eu, o que ficou lá?

Onde está o amor nos seus olhos? – você me pergunta. E eu me pergunto: onde está o amor dentro de mim? Não sou tão específico. Sei que está em algum lugar. Mas sou como aquele sujeito negligente, que esquece as coisas por aí. Eu deixei o amor dentro de mim, com certeza, e não sei onde está. Esta é a resposta. Eu não perdi, não tenha dúvida. Mas não sei onde, nem como encontrar. Talvez esteja ali no fundo, no fundo, no fundo de mim. Ou talvez esteja embaixo, embaixo de algo qualquer, algum lugar bem lá dentro. Ou, quem sabe, eu deixei o amor na ignição? Vou lá ver. Só sei que perder, eu não perdi. O amor está aqui dentro. Eu me lembro. Em algum lugar. Se você não o vê em meus olhos, vou procurar direito. Ando tão esquecido ultimamente...

Eu me lembro de que já fui um exibicionista. Acho que faz muito tempo. Mas eu debochava do mundo com todo aquele amor nos meus olhos. Era considerado um excêntrico, um extravagante, espalhafatoso. Onde é que já se viu andar com tanto amor à mostra dos outros desse jeito? Não tem vergonha, despudorado? Devia pelo menos tapar para não causar constrangimento! O amor nos meus olhos estava ali, mas eu não via. Nunca vi. Só ouvia falar. Só ouvi falar desse meu péssimo hábito de praticar nudismo amoroso por aí. Era um tempo em que o mundo era muito menos perigoso. A gente podia dormir com as janelas das casas abertas, com as portas dos carros abertas e também andar na rua com o amor nos olhos abertos, sem medo de que nada pudesse acontecer.

Daí, acho, que com o tempo devo ter colocado o amor em algum lugar seguro e fácil de lembrar, daqueles que a gente coloca na hora com a certeza de que jamais vai esquecer. Devia ter é anotado! Agora me perguntam por ele... e que vergonha! Eu não perdi, juro! Só não lembro onde guardei. Dê-me um tempinho que eu encontro. Vou rezar até pra São Longuinho. Eu lembro... eu lembro... que assim que tirei dos olhos eu o coloquei num lugar que eu sempre passava dentro de mim. Onde é que é mesmo? Esse negócio de amor dá trabalho: se você mostra, os vizinhos reclamam. Se guarda, do nada, alguém vem lhe cobrar. Eu só sei que não perdi, não vendi e nem dei. Agora, onde é que está?

Vou lhe confessar aqui, na confiança. Tenho alguns cômodos que tenho medo de entrar. E tem outros trancados há tanto tempo, que já perdi as chaves. A vida foi passando e acabei me acostumando a ficar sempre nos mesmos ambientes dentro de mim. Não preciso de muito espaço e pra mim tá bom... fica mais fácil manter, não dá trabalho e são os lugares meus em que me sinto em casa. À medida em que o tempo passa, nos tornamos uma casa que não habitamos inteira. Há muitos quartos e salas de sobra em que nunca ficamos mais. No início, projetamos para vivermos em nós como se fôssemos estar sempre com a casa cheia. Mas, aí, a vida vai acontecendo e descobrimos que preferimos viver em nós numa espécie de confinamento, num espaço bem menor.

O problema é que nós não podemos nos mudar de nós. Se desse, talvez eu vivesse hoje num quarto e sala e não teria tanto espaço ocioso, sem nunca usar. Se eu fosse um quarto e sala, com certeza eu saberia onde estão todas as coisas. A começar pelo amor. E, sim, eu decoraria com o amor os meus olhos, pois era assim no projeto original. Que linda fachada eu teria! Porque nada é mais lindo numa casa que dois olhos e cheios de amor bem na entrada. Mas eu não vou desistir. Vou continuar procurando. Tenho certeza de que está em algum lugar. Faça-me um favor e me diga, sem meias-palavras: o que tem nos meus olhos agora? O que ficou no lugar?

Aguçar os sentidos

O amor não é para ser tudo ou ser nada. É apenas para amar

E o amor é realmente uma força diferente: centrífuga e centrípeta simultaneamente. Sinto agora, mais do que nunca, o peso da gravidade, e mal consigo mover o pé do chão. Mal consigo me afastar do que está próximo, não há tração capaz de me deslocar um milímetro que seja exatamente do ponto em que estou dentro de mim. É o nano amor, o amor vivido na mais ínfima distância. Mas, ao mesmo tempo, viajo pelo espaço sideral e vejo o amor como algo estratosférico. Lá, bem distante, onde me encontro, há o silêncio do universo e todos os corpos parecem se mover em harmonia e silêncio sepulcral.

O amor estratosférico só vê pontos milimétricos onde talvez existam as dimensões mais colossais. Sua perspectiva é o infinito e, perante o infinito, o que são os oceanos, as cordilheiras, as constelações, os planetas e até mesmo as galáxias? O amor estratosférico é descomunal, mas nada vê de tanto ver. Porque tudo, no fim das contas, se transforma em quase nada, pois esse amor que vê em grande escala não enxerga nada particularmente. E o outro é sempre único. Amar estratosfericamente é amar quase como se ama a Lua: uma contemplação, um deleite. É um amor, mas sem a conexão plena do amar e ser amado.

Já o nano amor, de tanto ver tudo, e tudo de tão perto, não coloca o amor em perspectiva. Tudo é tão frontal, tudo é tão instantaneamente próximo, que tudo parece sempre um lugar já explorado, um caminho percorrido, um lugar já visitado. Um amor assim produz a segurança de conhecermos os territórios, mas aguça os instintos de nos perdermos, de nos perdermos no espaço, de nos lançarmos às galáxias, de nos jogarmos nas estrelas. Para quando lá chegarmos, ansiarmos por um lugar seguro, um cantinho, um ponto de referência em meio à imensidão do infinito. Um lugar demarcado para chamar de nosso. Voltar para o nano amor.

Haverá no amor o território do meio, a sístole e a diástole, o ir e vir? Será possível amar em grande angular e em pequena escala simultaneamente? Será essa a razão de o músculo pulsante representar o amor? Por que amar, então, exigiria um encolhimento e uma expansão permanente para manter o sentimento vivo? Ou essa seria apenas mais uma forma de amar e todas seriam válidas, inclusive e talvez acima de tudo as inviáveis? Sim, porque o amor não é um empreendimento, não é uma aplicação, não é um negócio. Não precisa dar certo. Precisa apenas acontecer. Seja como for. Sua regra é apenas existir.

E assim será o amor. Uma força contraditória que nos lança para o universo e, chegando lá, nos chama ao confinamento para, quando voltarmos, conspirarmos o tempo que for possível para romper os grilhões e viajar pelas estrelas. O amor não é para ser coerente. O amor não é para ser nobre. O amor não é para ser generoso. O amor não é para ser justo. O amor não é para ser sério. O amor não é para ser tudo. O amor não é para ser nada. O amor? O amor é apenas para amar.

O amor não precisa dar certo, precisa apenas acontecer

Tufão que rasga

O amor não cintila na prosa, mas só na faísca do brilho do poeta?

O amor sem rimas, sem a sedução das prosódias, sem o alucinógeno das métricas, sem o feitiço diabólico dos poetas. Falar do amor assim – por ex-ten-so – não emociona, não captura, não aprisiona, nem surpreende. O amor em prosa é burocrata. O poeta é o arquiteto que deslumbra. O prosista é o engenheiro, com seu capacete previsível, sua tábua de cálculo sem graça, suas vigas, suas lajes, seus cinzentos concretos. Quem pode competir com um amor que hipnotiza? O amor não é engenharia: que se danem todas as fundações!

O amor dos poetas é o dos delírios, é o de roubar sorrisos e suspiros, é o de arrebatar, surpreender, palpitar, arrepiar, lacrimejar, estatelar. Não é assim o amor? Esse tufão que rasga as almas e reverbera seu estrondo com muito mais ecos nas estrofes que nas linhas cheias ou vazias, e cheias de toques mesmo que seja da prosa mais sem retoque? O amor é sedução ou é a construção de um edifício, uma torre gigantesca, com alicerce que lhe dê suporte? Porque a prosa é isso, um arranha-céu e não um raio. Raio é a poesia, é o estalo. Mas também não há amores instantâneos, amores de altíssima voltagem? Amores não se medem em dias ou andares.

Uma poesia pode dizer todo o amor do mundo muito antes que essa prosa toda se esgote. Uma simples rima pode sintetizar o que não estará dito ao final de tudo aqui. E assim também é no amor. Há amores que são prosas e amores que são poetas. Amores que se consomem como o fragmento que atravessa a atmosfera, incandescentes, ofuscantes e que atingem seu ápice e assim se desintegram. Como nas poesias de amor. Onde tudo, tudo é dito falando quase nada! Ah, poetas, farsantes, tudo não pode caber em nada! Mas como vocês conseguem?

Há os amores em prosa e as prosas de amor. São catedrais com tijolos de palavras. E afetos. São pesadas. Custosas. Demoradas. Redundantes. Não há neles arrepios, arrebatamentos, nem rimas entorpecedoras, sínteses alucinantes. Há o exaustivo processo da construção, de assentar tijolo por tijolo. A prosa não é, definitivamente, para falar de amor. Fale de amor na poesia, nas canções, fale do amor que se insinua nas firulas, nas palavras que se misturam num mesmo som de deliciam. Se você prefere assim, tudo isso não acontece na prosa.

O amor dos poetas é o dos delírios, é o de roubar suspiros

O amor na prosa é lapidar um diamante. Não, antes: é encontrar um diamante. Não, ainda antes: é buscar um diamante. Não, não, não: bem antes! É querer um diamante. Muito antes: é descobrir que se quer um diamante. Antes de tudo: é descobrir que se quer algo. No caso, um diamante. E, daí, então, querê-lo, buscá-lo, encontrá-lo e – se tudo isso acontecer – lapidá-lo. Aí, sim, haverá uma prosa. Que não cabe em quatro estrofes ou catorze versos. Porque o amor das poesias é o tempo que percorre um raio. E o amor das prosas o caminho que nos conduz aos diamantes. Ah, poeta, se você soubesse...

Dois amantes

O amor só avança quando intimidades são desbravadas

Essa expedição chamada intimidade. Sobretudo a de dois amantes, amantes que se cruzam em algum ponto profundo da floresta depois de abrirem cada um a sua própria picada dentro da mata mais espessa. E se o encontro fortuito acontece, passam então a desbravar as florestas um do outro.

Veem do chão a copa das árvores dos grandes amores do passado, às vezes, jardins de paixões que floresceram e desabrocharam com todo o esplendor. Topam com troncos de amores partidos que desabaram corroídos por dentro e deixando um rastro de destruição ao redor. Enxergam amores daninhos que surgiram de maneira oportunista pela força da natureza. E essa viagem rumo à intimidade selvagem que sempre existe em cada um, às vezes, é um safári exaustivo.

Porque as florestas são sempre cheias de perigos, sempre assustam os forasteiros, e o primeiro impulso é voltar. Mas voltar para onde quando se está no meio da mata fechada? E tudo que se vê e tudo que se ouve, nesse primeiro contato com a floresta, provoca o medo de todos os animais que um dia andaram à solta por aquele espaço. A verdade é que florestas não têm donos. Vive-se nelas. E a intimidade com sua natureza nos mostra que o máximo possível é se adaptar. Adaptar ou encontrar um resgate e voltar para a selva de pedra, onde só há construções, onde tudo é feito pelos cálculos e pela razão.

O amor só avança quando intimidades são desbravadas. E só se pereniza quando os desbravadores sentem que aquele é o seu lugar. Mas intimidades são territórios hostis, e somente exploradores tarimbados, destemidos e determinados conseguem olhar as copas frondosas e os jardins floridos e mesmo as ervas daninhas e compreender que tudo isso faz parte da floresta. Floresta que não pertence a ninguém. Floresta que é ela mesma. E que se for uma escolha será sempre um lugar para se viver, como a natureza e o tempo se encarregaram de torná-la como se tornou.

Barco leve

Carregar vidas pesadas nos faz pensar no fardo e não na estrada

Sabe que o homem frágil anda feliz? Já não precisa carregar tantas pedras no seu barco. Jogou na calha, que é a vida, as toneladas que tinha de remar rio acima. E seu barco hoje pesa menos e ele pode fazer o que sempre o fascinou no navegar: ir contra a corrente quando lhe der na telha, mas agora leve, remando feliz com os braços relaxados e balançando no gingar das corredeiras. Ai como é bom cortar as águas desta vida! Ai como é bom o sinuoso deslizar! Ai como é bom estar num barco leve, leve, que de tão leve, acaba sendo ele que me leve pra remar!

Já transportei montanhas, já subi carregando o mundo nas encostas escarpadas. Já senti todo o peso de quase tudo e hoje flutuo e, ao menor sopro, cruzo os quadrantes. Vou sentindo as correntes me levando, de ar, do mar, do rio, do destino, e quando uma onda me faz rodopiar, outra vem e me acolhe sem eu notar. E de carregador do mundo virei pena e hoje não guio mais as cargas; sou lançado, projetado, bafejado. E quando vejo aqui de cima o chão se aproximando e o espatifar-se parece apenas um fato consumado, de repente, sinto um contravento me arremessando para os astros. E caio para o alto, até que o próximo vento me despache. Para onde? Sei lá. Penas não sabem. No máximo flutuam. Até que o próximo sopro as embale.

Já tive o peso de todas as coisas e arqueei meu ombro, puxei a carroça ladeira acima, sangrei os calos de minhas mãos na crua corda e senti o latejar dos músculos dos braços. Então, numa dessas mágicas da vida, joguei tudo fora ou tudo fora me jogou. Tanto faz. O fato é que, aos poucos, percebi que meu planeta mudou de gravidade. E onde era difícil dar um passo, hoje o difícil é não voar. Sou como os astronautas em órbita da Terra: eu me divirto com a súbita sensação de leveza em toda parte. Não bebo água, brinco com os líquidos. Brinco com tudo, pois tudo agora continua sendo a mesma coisa, mas só que agora tudo flutua, levemente, no zero de gravidade de que sou parte.

Por que carregamos tantas pedras em nosso barco? Por que escolhemos a ladeira íngreme para puxar carroças tão pesadas que nós mesmos enchemos com tanta sobrecarga? Talvez porque carregar vidas pesadas seja uma distração que inventamos para pensar no fardo, e não na estrada. O fato é que vidas leves também doem. Quanto mais leve, maior a caminhada, mais coisas se vê, mais tempo se tem para olhar e pensar sobre o caminho. Vidas pesadas cansam, mas não doem. Pois a mula ou o escravo das galés tem de pôr tanta energia em movimento que o que lhe resta depois é exaustão, não sofrimento.

Já as vidas leves cansam menos, mas podem doer. Podem criar os maiores contentamentos, é verdade. Quanta efusão há nas piruetas do destino! Mas ser leve nos leva para todos os lugares, inclusive para dentro de nós. E olhar para si, olhar pro lado, olhar pra frente – olhar pra trás – às vezes dói. Porque sem pesos para drenar nossa energia, leves, corremos o risco de nos encarar e olhar o que fizemos, por onde andamos e enxergar finalmente o que não vimos. Pois ainda assim como é boa a leveza de remar a nau descarregada! Eu prefiro encarar a dor de ser mais leve, se for o caso, à anestesia de carregar o que nunca foi indispensável, e aquela trava horrível na garganta, que tudo era simplesmente o nada.

Já senti todo o peso de quase tudo, e hoje flutuo

Desencontros

Entre o medo e o desencontro, o amor dos diamantes e joalheiros

Antes do amor, eu sinto o medo em teus olhos. E, nos meus, o desencontro. Será isso amor? Por que não? Quem sabe o que é? O amor não tem fórmula, ninguém registra patente. É algo surpreendente, por mais trivial ou evidente, é mirabolante por mais que redundante, é libertador, opressor. O amor? É amor. Não cabe em nenhuma frase. Ponto-final.

Reticências....Exclamação! Interrogação? Tudo isso ou não. Mas antes do amor eu sinto o medo em seus olhos e, nos meus, o desencontro. O medo de quem tem receio de chegar atrasado e perder a conexão e, em mim, o desencontro de quem chegou e constata que o trem já partiu da estação.

Ama-se e, às vezes, o medo vem antes da gente. Vem tateando o terreno, vem como um secreto agente, espionando tudo para não deixar o amor sofrer nenhum atentado. Mas, no olhar do outro amante, o amor que vem antes não é o amor derradeiro. É o batedor do amor, sua escolta, seu medo, o medo do amor que precede o amor vem antes do amor chegar. É amor sentir medo de sofrer por amor, mas não é. Porque amor é amar. E o medo é o medo e o amor é o amor. Pode se amar por meio do medo. Pode se amar de qualquer jeito. Mas o amor do mais raro quilate é o amor que só possui o amar. Sem as nódoas de mais nada. Apenas o se entregar.

Há garimpeiros que procuram o diamante perfeito, sem impurezas, sem máculas, como as gemas mais preciosas da mais fina lapidação. Não as impurezas externas, dessas qualquer esmeril se encarrega. Falo daquelas inclusões no coração da gema, que podem ser vistas a olho nu ou apenas com uma lupa, que só os joalheiros sabem manusear perante as peças mais reluzentes e multifacetadas. E, ainda assim, no epicentro de toda aquela preciosidade, são capazes de encontrar microscópicas ranhuras. E o medo no diamante do olhar é uma delas. E quando o olhar de lupa do joalheiro cruza com esse brilho fosco que emana de algum ponto, sim, ele enxerga o diamante, radiante, mas o que lhe espanta é o desencontro.

O medo é o amor dizendo: "eu quero tanto que tenho pavor se não puder amar tudo e todo quanto". É amor o medo que chega como seu guarda-costas para dizer ao outro amante que o amor está logo ali, chegando ao fim da escolta. Mas por que não chegar de peito aberto, correr o risco do atentado, o tiro mais cruel no coração, a faca pelas costas? O medo é a guarda pretoriana do amor: o protege, mas o isola. E há que se pedir uma audiência ao amor do outro e antes passar por todos os procedimentos de segurança máxima, antes de adentrar no espaço seguro da emoção. Como se isso fosse possível. Amar é apostar contra o cassino e quebrar Las Vegas. Amar é sorte. Não tem regras. Nem leis. Ou proteção.

Por isso, vejo o diamante com a lupa do joalheiro. É diamante, é precioso, está inteiro. A gema esplendorosa sabe ser uma raridade. E é. Mas teme. Teme ter alguma refração misteriosa, alguma inclusão ou tonalidade que desperte o desinteresse ou o descarte. Como é cruel ser um diamante! Levam-se milhões de anos para se tornar exuberante, uma pedra preciosa e tão brilhante. Eis que um olhar calculoso e frio vem analisar suas entranhas e devassa suas formações ampliando-as com a lupa mais medonha. Eis o limite dos joalheiros: é quando os brilhantes sentem medo e, do outro lado, um olhar flerta com o desencontro. Assim é o amor dos diamantes. Assim é o amor dos joalheiros.

Amor do mais raro quilate é o amor que só possui o amar

Quase indecifrável

O amor não está nas perguntas. Está nas respostas, nos atos

Você acredita no amor? Eu não. Mas ele existe. Uma vez me levou na aluvião. Eu nem senti, não amei. Não! Sei apenas que apareci desacordado a dois mil quilômetros dali, na borda qualquer de um rio, nalguma imensidão. Acho que fui atropelado por um amor de enxurrada. Mas amar, amar mesmo, eu não amei. Eu nem vi, nem notei. Não deu tempo de nada. Estava eu ali, alguém que não ama, colhido por aquela derrama. E o que eu podia fazer? Foi de repente. É amor ser levado por um *tsunami*? É amor perder o controle de si e vagar sem rumo, rodopiando, dando vexame? Pois eu acho que nunca, jamais, fui um homem de amar. Talvez, quem sabe, alguém que testemunhou estranhos fenômenos metafísicos, entre o céu e o mar.

Você gosta de mim? Quase nada. Amor lá cabe em palavras? Não é discurso, não é coerente. É o que a gente faz quando sente. São os impulsos, gemidos, o semicerrar dos olhos, o escancarar das almas, dos corpos. E quem disse que há uma só palavra em tudo isso? Por isso eu não amo você, eu não amo ninguém, eu não amo por meio do alfabeto, mas do afeto, que é surdo e mudo e cego. E se deixa levar pelas trevas, no silêncio mais sepulcral e absoluto. E dar as mãos a alguém que não sabe quem é. E não fala, não ouve, não vê. Assim é meu amor: não fale com ele. Ninguém o escuta e ele tateia por aí. Consegue ouvir? Mas ele tem o mais importante: ele sente. E o amor não é para subir em palanques. É para sentir.

Dei uma volta inteira em torno do amor. E o amor é a lua. Ilumina minhas noites quanto mais escuras. É meu satélite perpétuo, mas distante. Atravessei sua face brilhante e percorri sua metade escura. As trevas da lua. Onde não há conexão com nada. Só consigo própria. É quando o amor nos permite a mais incrível missão: viajar dentro do eu, no vazio, na escuridão. E não há terror ou temor nessa jornada. Descobrir o amor por inteiro é ter o privilégio de navegar pelo nada. E constatar o que sempre soubemos, mas sempre nos enganamos: o amor é a ilusão que inventamos quando o universo conspira para o que nos domina e não dominamos. Cruzo a face oculta da lua e vejo o sol novamente. A luz toca minhas crateras. Eis-me de novo escaldante e reluzente.

E agora que dei a volta inteira, eu me pergunto: o que há para ver no percurso que já não vi, já não passei, não cruzei? É certo que marinheiros de primeira viagem se apavoram com os trancos e perdem em meio ao pavor o melhor da paisagem. Posso voltar para olhar o que nem percebi. Mas eu sei, nessa segunda partida, que o amor foi vivido na essência, mesmo na dimensão não sentida. Então, sempre resta a cruel, mas libertadora constatação: no amor, quando alguém alcança uma completa rotação, já viveu tudo. E tudo é uma bênção. Tudo não se repete, nem é necessário. E após o tudo não vem o nada. Vem o extraordinário.

Se eu acredito no amor? Depois de tudo isso? Depois que ele passou por mim, de que eu passei por ele, que nós passamos um pelo outro e nós fomos cada um para a sua dobra sideral? Se eu acredito que um raio possa cair duas vezes sobre uma mesma árvore? Eu acredito em tudo, mas não acredito em nada. Porque amar não é uma questão de crença. Amar é a manifestação de uma força, amar é uma presença, que está ou não está no lugar, que está ou não está em alguém, mas que certamente não está nas formulações, nas maquinações racionais. Amar não está nas perguntas. Está nas respostas, que às vezes nem em palavras são postas. Está nos atos. São silêncios, olhares, pausas, frações, fragmentos incontroláveis. O amor é esse elemento: tão conhecido quanto indecifrável.

Um manifesto

O amor não se declara, pois é em si mesmo uma declaração

Você me pede uma declaração de amor. Mais do que todos os meus frêmitos, mais do que todos os meus olhares que gritam, que fazem escândalo, que perdem a compostura, que me delatam toda vez que a sua vida passa por mim? O amor não se declara, pois é em si mesmo uma declaração, um manifesto. Ele fala por todos os poros, por todos os trejeitos, por tudo que é dito e, sobretudo, feito.

O amor é uma linguagem, um idioma, um dialeto que aprendemos para que uma alma dialogue com outra. Para cada alma haverá sempre um dialeto único. Amar, sobretudo amar de novo, é esquecer velhos sotaques e aprender a traduzir-se num vocabulário novo, de uma língua totalmente desconhecida, a eterna senha de todos os amantes: eu te amo!

Então, o amor existirá nessa nova língua quando for compreendido e conseguir se expressar. O homem frágil vê um tempo de amantes poliglotas e se pergunta como se tornou tão fácil decorar todos os idiomas e dominar todas as gramáticas do amor com tanta destreza. Porque já houve um tempo dos amores monoglotas, mas hoje não. As línguas se tornaram de domínio universal e é possível amar num vocabulário vasto como amantes jamais se comunicaram.

Sou de um tempo em que as declarações de amor cabiam nas palavras. Era um tempo em que as palavras tinham significado e valor. Palavras eram duradouras assim como as declarações. Hoje há tantas palavras e tantos jogos com elas que o que importa não é o que dizem, mas o que se faz após pronunciá-las. Então, as declarações de amor não são mais compostas por vogais e consoantes, mas por ações e atitudes.

Há amores retóricos e esses sempre existiram. Mas os amores que marcam se declaram nos olhares, nos cuidados, no querer e isso muitas vezes é declarado, mas muitas vezes é também pronunciado na frequência mais inaudível dos amores. Quero declarar meu amor nos meus silêncios, nas minhas pausas, na minha tolerância, na minha compreensão. Eu te amo é uma rolha que espoca das bocas dos amantes, mas o amor que me entorpece é o champanhe que jorra, alegra e embriaga.

O amor, às vezes, não é o estouro nem cabe nas declarações. Às vezes, é algo que se consome em taças, numa compulsão que provoca vertigens. Meu amor é cheio de borbulhas, translúcido e de boa cepa. Quero bebê-lo até a última gota. Isso é uma declaração?

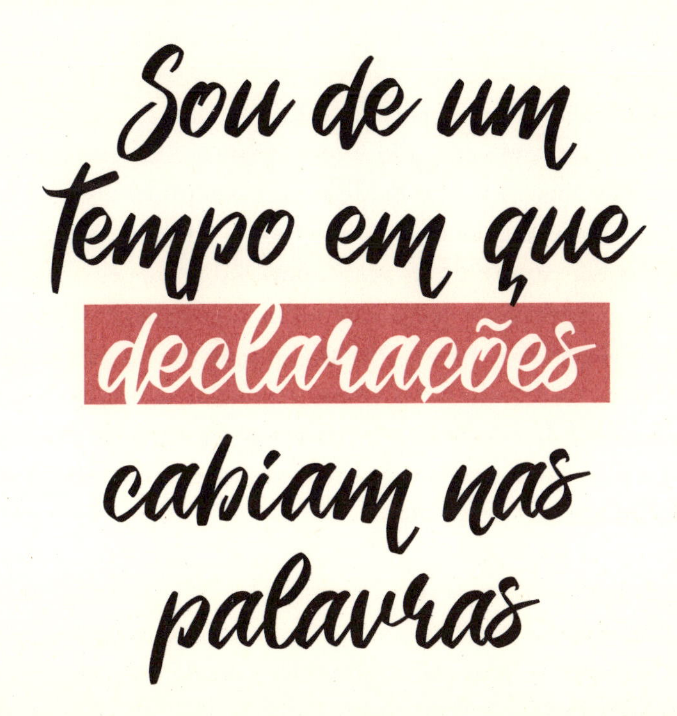

Para te devorar

Livre para amar e o que fazer? Eu ando ou corro? Paro ou morro?

Amor, estou prestes a dar o meu mais audacioso passo em tua direção: caminhar livre, sem nenhum grilhão, sem algemas que me prendam as mãos, sem quaisquer vendas que encubram minha visão. Ai amor, estou com tanto medo: de mim mais do que de ti. Estou com medo da minha liberdade. Como é amar assim podendo ter todas as possibilidades, podendo percorrer todos os caminhos, sem ter que cumprir um rumo obrigatório, podendo rodopiar no salão do aleatório, da vida, e não me perder? Sim, não me perder de mim nem de ti. Amor, essa é a verdade: eu tenho é medo de ter tanta liberdade e me afastar dessa atávica vontade: a de amar e ser amado por mais que isso seja antiquado.

Meu amor sempre esteve enclausurado. Na torre de Londres, em suas masmorras, abandonado. E o meu amar foi algo solitário: quem pode amar sem a luz do dia, quem pode amar sem a liberdade da rebeldia, quem pode amar trancafiado nas catacumbas de si mesmo? Amar é correr pelos campos abertos, pelos campos de guerra, amar são os campos de batalha, onde os combatentes correm, fogem, batem em retirada, são abatidos, perfurados, triturados, mas também triunfam, dominam, são capazes dos atos mais heroicos. Amar é a paz e a guerra por outros meios. E que guerreiro existe no prisioneiro atrás das grades? Só a guerra mental, a guerra dos covardes.

Mas eis que agora estou livre, leve e solto. E para onde corro? Ou paro? Atiro ou morro? Vou me jogar no chão e me esconder junto à ramagem. Mas e se o campo for minado? Vou ser moído e estraçalhado. Mas em pé, na ponta das falanges, bom, além de ridículo e cansativo, serei um alvo ambulante. É o velho mito da caverna: tão cômodo estar lá, impossível voltar pra ela. E como faço agora comigo mesmo? E com você, amor? Pois eu te quero tanto, sempre te idealizei e finalmente agora posso te caçar pela selva afora. E te encontrar. E te reconhecer como um predador. E eu darei o bote, não tenha dúvida. Perdoe as minhas mandíbulas, mas a minha fome por você é muito forte.

Minha bússola é apenas essa: minha fome insaciável. E quando cruzar contigo irei salivar, tenho certeza. E retesar todos os músculos das minhas patas. E flexionarei ao máximo as minhas presas. E meu dorso ficará petrificado e pronto para o salto infalível e certeiro. E minha pupila há de se congelar ao te ver e eu me transformarei numa máquina assassina onde tu verás um galanteio. E tu não escaparás de meu salto mortal. Nem eu. E viveremos juntos um feroz massacre. E eu te devorarei. E você me domará. E assim terminará minha liberdade: abatido pela minha presa, dominado pela minha ferocidade.

E eu terei te encontrado. Depois de ter devorado toda a floresta. Depois de ter tido dias de tédio e horas de pressa. Mas te encontrarei. E sabes por quê? Porque não serei mais uma fera enjaulada. E poderei então passear e observar o tudo e o nada. E poderei não apenas ser escolhido, mas escolher. Escolhermos. Um ao outro. E esse será um amor às claras. E um amor livre. E um amor leve. E um amor sem grilhões. Você será o meu primeiro amor. E o último também. O primeiro após a libertação. O último porque, livre, nada mais libertador que um amor que procuramos a vida inteira para nos sentirmos inocentes e imunes a toda e qualquer opressão. As nossas, que vêm de dentro; e as do mundo, que nos impedem de amar e aferrolham o sentir em nossas prisões.

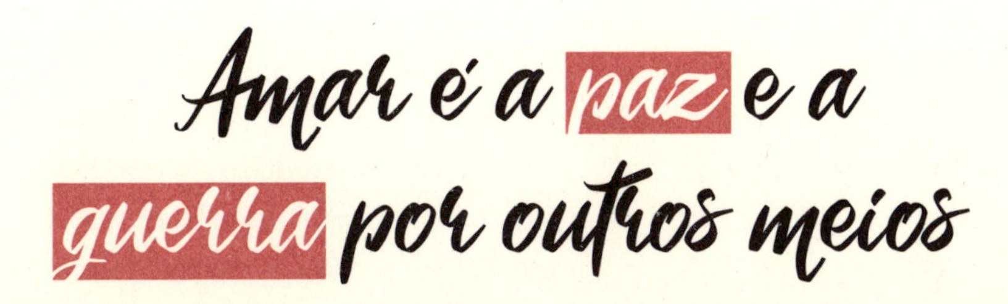

Remota comunhão

Sonho amargo: o amor não existe em nada, é a própria caminhada

Ai, amor, hoje eu acordei tão assustado! É que despertei de um sonho, acabrunhado. Eu sonhei que o amor não existe em ninguém, em lugar algum, não existe em nada. Eu sonhei que o amor não é o chegar, mas a própria caminhada. E que então amar não seria um encontro. Seria a aventura de buscar algo ou alguém em todo canto. E que a maior recompensa é ela própria, a jornada. E que essa grande força propulsora que nos faz cruzar o mundo inteiro teria como desfecho eu me encontrar comigo, primeiro. E que o amor seria essa remota comunhão. Entre o ser vagante que procura alguém e que se descobre no fim de sua própria peregrinação.

Isso me causa uma tremenda confusão: vou procurar o quê agora? Eu mesmo? Vou sair atrás de mim? Então por que simplesmente não paro diante do primeiro espelho e me olho nos olhos e me defronto? Já terei me encontrado se o meu grande objetivo é ser eu o meu achado. Mas então não deve ser só isso. O que procuro não é o que sou. Nem ninguém que existe. Eu procuro o que não sou. E quero achar o que eu serei um dia, pois esse será o sagrado e celestial momento da minha mais absoluta harmonia. E é isso que deve ser o amor: a harmonia completa que alguém irradia. Quando acontece o mais milagroso dos encontros.

Ai amor, como é estranho imaginar que você não está em ninguém, que você é uma alma, um espírito, que não tem corpo, não tem carne e osso. Pois antes de acordar desse meu sonho profundo eu acreditei que o amor era coisa deste mundo e que era algo real, algo que pudesse tocar, alguém, uma pele, uma superfície, uma dimensão material. E como agora irei amar o amor que é uma nuvem? O amor que flutua e voa e plana e que aqui do chão me encanta, mas só vejo as formas, as sombras e volumes? Amor, eu não sei como amar as nuvens.

Eu sei que elas são coisas do céu e ofuscam o sol. Eu sei que elas são alvas e belas e são também densas e podem assombrar os horizontes com suas escuridões intensas. Eu sei que elas podem ser generosas e deixar passar a luz, mas elas também podem ser chorosas e inundar o mundo inteiro com todos os pingos de tudo que flui. Ah, nuvem, eu nunca te alcançarei, pois não tenho asas! Tenho só os meus olhos para te admirar e amar seu bailar pela abóbada. E tu não poderás nunca descer até o chão, pois se vieres não serás mais nuvem. Serás cerração. Irás perder a tua natureza e eu não te amarei. Porque agora eu amo as nuvens.

É muito difícil despertar de longos sonhos. E eu sonhei tanto, por tanto tempo, que encontraria o amor em algum momento. E qual não é minha surpresa quando, agora, sou surpreendido, que não existe apenas um caminho. E que não se encontra o amor apenas seguindo pelo chão. Às vezes o amor pode estar flutuando no meio da imensidão. E quando isso acontece, o caminho exis- te, certamente. É entre a terra e o céu. O encontro é que talvez não aconteça. Porque o amor pode estar a milhares de quilôme- tros acima de nossas cabeças, e a única forma de acessá-lo é tendo asas. Acabei de acordar de meu sonho e, no meio do desencanto, você não vai acreditar! Sei lá... mas me veio uma ideia estranha: eu acho que consigo voar...

O amor é a
harmonia completa
que alguém irradia

Não me abandone

O amor é fruto do eu quero ou do eu consigo?

Ei, aguarde só um pouquinho. É que vou sumir por aí. Vou desaparecer de mim, desaparecer de nós, vou sei lá pra onde, sei lá por quê, mas preciso ir. E, meu amor, não me abandone, pois eu vou voltar. Estou indo sem razão para ir, mas com a certeza de que preciso voltar. E quando eu voltar eu preciso que você esteja aqui para me receber, para me curar as feridas, para consolar meus percalços, porque eu sei que meu coração só consegue ouvir o que vem de você. E será assim quando eu voltar.

Desculpe-me realmente o mau jeito. É que o amor, às vezes, chega e parece um tropeço, invade a vida da gente assim, de repente, e a gente simplesmente muitas vezes nem tem tempo, não preparou a comida, não pôs a mesa, não foi nem à feira. Então, não tem o que servir e deixa a visita na sala e sai por aí com uma vergonha danada, sem um centavo no bolso, sem ter nada pra trazer quando voltar. Que vergonha! Isso não é jeito de tratar uma visita! Quanto mais um amor...

Amor... é que eu ando um tanto desaprumado. Eu queria tê-la e ficar aqui pela vida inteira, mas eu sinto que minha órbita em torno de mim mesmo ainda não se consumou. Todos nós temos uma órbita em torno de nós mesmos, e o néctar da vida é chegar ao fim com a sensação que, de alguma forma, fizemos a rotação completa. Você faz parte da minha órbita, mas eu preciso ir ali no espaço sideral rapidinho antes de poder fazer parte de sua rota. Por quê? Não sei. Só sinto. Sinto forças gravitacionais terríveis que me arrancam da calmaria e querem me lançar nas trepidações de todas as nebulosas.

Eu não quero ir. Nada melhor do que o aqui e o agora. Mas sou apenas um corpo celeste, lançado pelas forças do universo como um joguete infinitesimal: eu só sinto nas minhas entranhas que eu deveria ficar, mas irei partir. E não quero, não quero, não quero. Mas o amor, afinal, é o fruto das vontades humanas ou das forças do sobrenatural? O amor é fruto do eu quero ou do eu consigo? Eu quero ficar, mas consigo resistir a tudo que me convida ir?

O amor é o território das vontades, todas, mas às vezes a nossa é a primeira a ceder. Cede, porque somos fracos, e o amor nos testa e nos esfrega na cara o quanto somos débeis. Na terra das vontades, que é o amor, o grande parque de diversão das vontades, as vontades são tantas e tão contraditórias que de tanto querer tudo, por vezes, amores se perdem de tanto querer. E, amor, por favor, atenda essa minha última vontade: eu vou ali e já volto. Preciso ir porque não posso ficar. Essa é a única explicação que tenho no momento. Um dia, saberei tudo totalmente. Aí, com sua linda face em meus ombros, irei explicar tudo o que aconteceu. Assim que eu mesmo souber. Por enquanto o que sei é que preciso ir ali. E preciso que você me espere.

Preciso das duas coisas desesperadamente. Ficar com você vai me fazer infeliz por não ir. Ir sem saber que você me espera vai arrancar a certeza de eu ter pra onde voltar.

Ai, amor, e eu que achei que complicada fosse física nuclear...

O amor chega e parece um tropeço, invade a vida da gente

Sem mentir

Feia ou atraente, a verdade faz ou desfaz o que é a gente

Truques do amor são tão... assim... tão corriqueiros. E o homem frágil adquiriu seu repertório. Não para enganar, mas para detectar as artimanhas e os ardis, os mais simplórios. Ele aprendeu a ver os truques repetidos que os amores trazem às vezes como gestos compulsivos, outras, como vícios repetidos. E aprendeu a olhar para as trucagens não para praticar, mas para se defender. Porque o amor em que ele acredita não é o de enganar. É o de se entregar e de se pertencer.

Todo amor é ilusão, é invenção, é criação, é miragem, mas nenhum amor pode ser uma mentira. Nenhuma mentira pode contaminar o amor, não pode haver qualquer contágio entre o amor e a mentira. Porque o amor, pra ser amor, tem que ser antes de tudo, e sempre, verdadeiro. E como conciliar a nossa vastidão de imperfeições humanas? No amor, só com a verdade, por mais cruel, por mais profana. O amor é uma verdade que nasce entre dois seres e só sobrevive se continuar sendo verdade, por mais amarga, dura, verdadeira que seja a realidade.

Quem tem de andar com vendas nos olhos é a justiça. Mas o amor não é justo, nem é equilibrado, nem pretende ser imparcial, nem busca a isenção. O amor não é elevado. O amor é pra se viver de olhos abertos. É pra se arrepiar com os deslumbres mais exuberantes e pra chorar de dor com as decepções mais lancinantes. O amor é pra enxergar-se, o amor é pra ver tudo que existe no amante: suas virtudes mais celestiais, seus pecados mais repugnantes.

Então, pode vir me amar com toda a sua colossal e assustadora verdade. Eu a prefiro toda assim a uma só gota sua de mentira. Mentir a gente mente para o mundo. Mentir a gente mente para os estranhos. Mentir a gente mente para a gente. Mas não. Mentir nós não mentimos para os amantes. Porque o amor puro e do maior quilate é como o mais transparente diamante. E ele brilha e salta aos olhos porque é raro. E é raro por não ter manchas, por ser claro. No amor só existe uma única beleza: a de ser ingênuo e viver numa ilha de pureza.

E essa pureza não precisa ser idealizada. Pode conter todas as poluições do mundo todo. Os amores são mundanos e, ao se encontrarem, trazem os legados de outros anos, de outros planos, de outros amos. Não existem princesas nem príncipes encantados, mas no amor há de existir o encanto. E a essência disso não é desejo, a paixão ou a vaidade. A faísca do encanto é olhar nos olhos e enxergar toda a verdade. Seja qual for, feia ou bonita, repugnante ou atraente. A verdade, meu amor, é o que faz ou desfaz o que é a gente. É o que a gente sente.

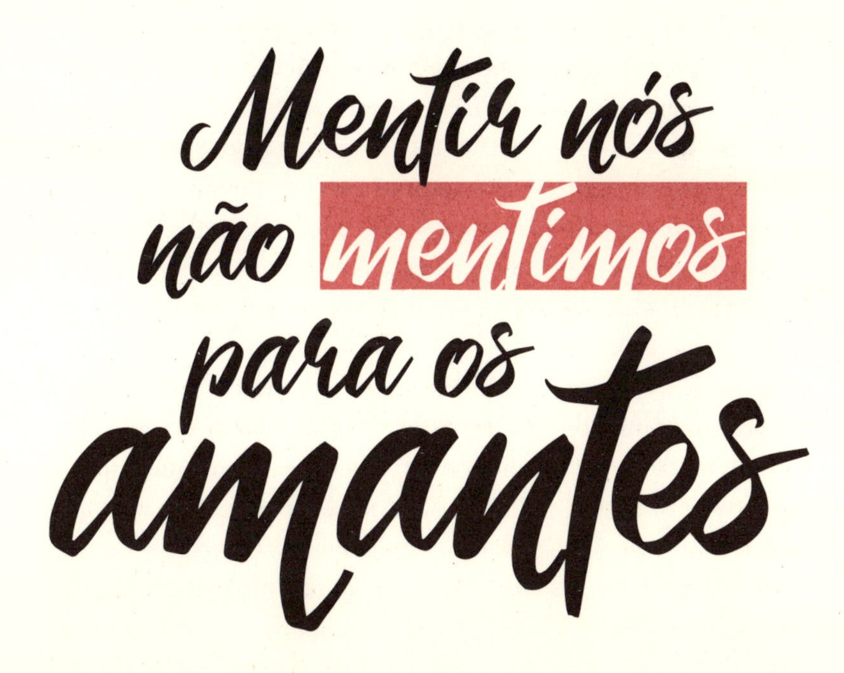

Emoções

Eis que chega um amor leve. E o que quero? Que ele me leve...

Um milhão de toneladas. Sumiram subitamente. Como somos tão cobaias do amor da gente? E vamos vergando o dorso com o amor pesado, que nem sentimos, pois o amor, por mais pesado que seja, ainda assim é a mais leve cruz do nosso destino. Então vamos carregando esse amor de um milhão de toneladas e só sabemos que já não sentimos tudo, mas não sentimos nada. Porque todo amor é leve, mesmo o que estoure a balança. Porque amor é amor e nada na vida o alcança. Mas o fato é que sinto uma estranha, uma diferença pequena. Agora não carrego mais um amor. E agora flutuo em mim, tão leve como uma pena.

Eu não sei o que foi, se é concreto ou imaginário. Eu sei que estava ali pela 12ª estação e, de repente, pôs-se fim ao meu calvário. E passei a não mais carregar cruzes para poder amar. Pude, finalmente, escapar do velho desfecho de me ver de mãos e pés pregados para me crucificar. E não posso dizer que amo hoje como os que ressuscitam, pois só ressurgem os que esse mundo habitaram ou habitam. E não foi o meu caso. Não eu. O meu amor não está ressuscitando, porque nunca antes viveu. O meu amor está apenas nascendo na única forma de poder amar: amando.

Ah, como é bom amar um amor sem hora marcada! Sem hora pra chegar, sem saber em que hora ele se vai. Como é bom amar sem saber de nada! Que frio na espinha é amar como um aprendiz, como um inocente, sem os cacoetes, os clichês, as manhas dos experientes. E o resultado de tudo isso é um amor que é leve, mas não rarefeito. É suave, mas não é etéreo. Ele tem um aroma de perfeito, tem aquela magia que parecia inalcançável e parece tangenciar o mistério. É um amor que vai acontecendo, como o dia, a vida, a chuva, o acaso, o amanhecer. É simples e banal, mas o dia, a vida, a chuva, o acaso, o amanhecer, tudo isso tem outro nome: fenomenal.

Como é fácil e é difícil alcançar a simplicidade! Exige que tudo desaconteça e ao mesmo tempo não exige nada. O amor leve é uma casualidade, que para acontecer requer todo e nenhum preparo. Não tem a ver com uma opção, mas com uma sintonia. É quando a gente se conecta com uma frequência dentro e fora de nós chamada harmonia. E essa frequência depende de uma conjunção de fatores que buscamos na vida, mas quando achamos percebemos que não foi um encontro. Foi uma etapa vencida.

Você me pergunta para onde esse amor leve conduz. E quem sabe responder sobre o amor? Amor não é algo que se deduz. O que sinto do amor mais leve é que ele me aproxima, antes de tudo, de mim. E, assim, me entrego a ele de um modo indefeso. Mas não tenho medo. O que quero do amor mais leve? Apenas que ele me leve. Me leve pra passear dentro de mim para que eu o conheça e, nessa jornada, para que eu também me conheça quando chegar ao fim. Quero desbravar uma terra desconhecida. Os meus continentes jamais visitados das minhas emoções nunca vividas.

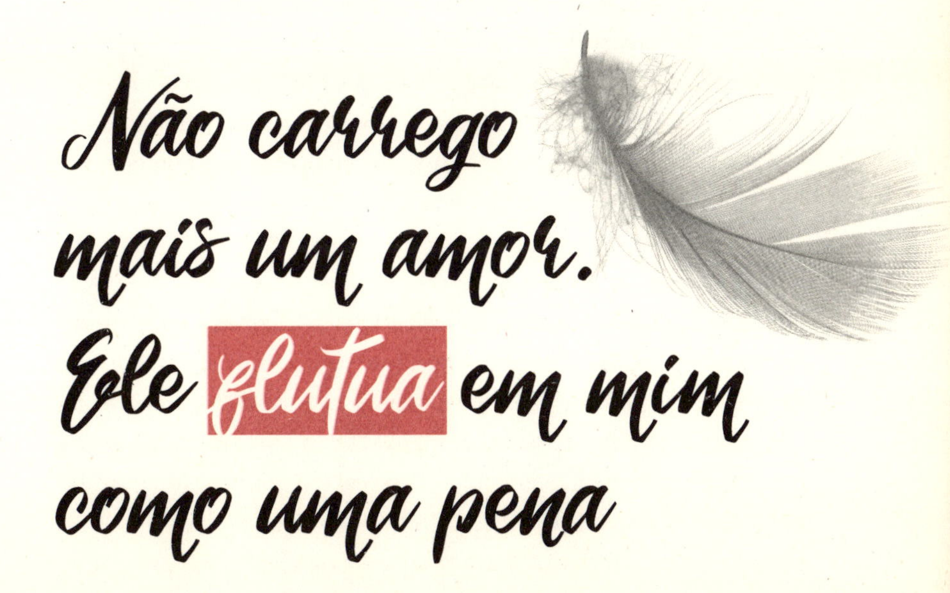

Risco dos amantes

Medo, eu lhe peço: deixe essa alma libertada, para ser amada

Medo, eu posso lhe pedir uma gentileza? Eu preciso que você deixe em paz uma alma que suas sombras dominam-lhe as certezas. É que essa alma é tão maravilhosa, e sem você, oh medo!, iria brilhar de uma forma que seria ainda mais radiosa. E eu preciso, preciso muito que você a deixe e saia dela. Porque com você ela está paralisada. É que o medo a faz olhar tudo e fazer nada. Mas a vida é uma só e eu preciso dessa alma, oh medo!, pois eu quero ir com ela até o fim de minha jornada. Medo, faça um favor a esse seu velho conhecido: liberte essa alma para o amor. Eu ficarei eternamente agradecido.

O medo de amar a gente só supera da forma mais apavorante: amando, se entregando, correndo todos os riscos dos amantes. E, medo, você protege essa alma desse risco perigoso. E eu não lhe condeno: talvez seja esse mesmo o jardim menos espinhoso. Mas medo, preste atenção, o que eu faço com todo o meu querer e o meu lado carinhoso? Faço de conta que não desejo, que não ardo e que não sonho? Vou deixar você fantasiar todas as almas com seu disfarce que é medonho? Medo, liberte pelo menos essa alma para mim. É só uma alma, medo, deixe-a raiar na minha vida até o fim.

Medo, diga a ela que desta vez vai ser tudo diferente, que o amor chegou, enfim, é pra valer, é para sempre. Diga a ela que não tenha medo de voar e que se lance. E que o amor tem asas e não há mais lindo voo que um romance. Diga a ela, diga, diga que o medo é paralisante, mas a vida passa e quando a gente vê foi assim, foi um instante. Mas quando a gente ama tudo fica muito mais bonito. E a sensação do tempo é a de viver o infinito.

Então, medo, me libere essa alma, humildemente eu lhe suplico. Sussurre aos seus ouvidos enquanto estiver dormindo, que amar não é só possível. Amar um novo amor é renovar a seiva, é desabrochar a flor, é o renascer do sol, é tudo que há de mais lindo. E, medo, quando estiver com ela nessa noite, faça acordar sorrindo, pra que ela se olhe no espelho e perceba que o medo foi embora, desapareceu, de repente foi sumindo. E essa alma sem você, oh medo!, há de brilhar intensamente. Sem as nuvens do temor, irá projetar seus raios e toda sua luz que é tão quente.

Medo de amar a gente só supera amando

E, medo, depois que você se for terminará de vez uma longa noite. E uma claridade tímida aos poucos irá surgir no horizonte. Alguns verão nesse clarão a alvorada, mas eu verei uma alma libertada e livre para irradiar-se e iluminar com seu amor outra vida. Oh, medo!, jamais terei como lhe retribuir esse favor: o de libertar uma alma para que toda sua ardente combustão seja integralmente consumida pelas forças da paixão, pelas forças do destino, pelas forças do amor...

Desespero do abandono

A lucidez vem me sacudir agora: o amor entra e nunca vai embora

Você foi embora da minha vida. Eu resisti, me rebelei. Desesperei. Só eu sei. Só eu faço ideia do quanto tentei boicotar esse desfecho inevitável. Mas você foi embora da minha vida. Foi porque era a sua que estava em jogo e não a minha. Você saiu da minha vida para se aprofundar na sua. E eu? Eu fui apenas mais uma passagem de sua viagem, de sua aventura. Agora só resta encarar o fato consumado. Você foi. Você se foi, mas essa é a minha perspectiva. Você continua e avança. É a sua vida que conta e não a minha. O amor só tem uma direção: seguir sem desvios sua própria linha.

Eu já saí de vidas outras. E sei como nem olhei para trás, nem senti remorso, nem senti a rigor, a rigor, nem senti nada. Senti apenas que não deixava nada para trás, mas sim que a vida para frente me levava. Me levava para mim, para o meu destino, para o meu encontro com a minha busca tão sonhada. E o outro que ficou pelo caminho? Um mero e fugaz detalhe que ficou para trás na paisagem. Quando a gente sai da vida de alguém, a gente segue a nossa própria viagem. E só isso tem importância. Olhar para frente e correr atrás do alvo celestial de nossa felicidade. Mesmo que seja uma miragem. As miragens no amor são mais fortes do que o nada completo que exista ou seja ele como for.

É cruel ver você sair da minha vida. Ainda mais quando sei exatamente que crueldades pratiquei, quando foi minha a opção pela saída. Eu sei tão claramente o quanto eu não significo nada. Assim como as vidas que eu deixei também não significavam. Eu sei que não há nada que eu possa fazer para quebrar o seu encanto, pois sei que, quando fui eu, o flautista do destino me enfeitiçou como uma serpente e eu só ouvia o soar doce de seu canto. Não me dói quase nada você sair de minha vida. O que me dói é entender com a nitidez absoluta o quanto eu não sou nada e o quanto tanto faz para você desferir em mim a despedida. E por que eu tenho essa brutal certeza? Porque essa brutalidade pratiquei eu mesmo em minha natureza.

Você foi embora de minha vida e cumpri fielmente todo o cortejo programado. Subi de joelhos todas as escadarias, esfolei-me com o cilício nas mais devotadas penitências, eu fiz todas as promessas, prometi todas as oferendas. Mas você foi embora da minha vida. E fez exatamente o que eu faria. Não comigo, mas com qualquer um que eu não quisesse ou não queria. Porque é preciso querer alguém para compartilhar a mesma vida. É preciso que duas vidas se queiram para que jamais se joguem fora. É preciso que uma vida esteja noutra para que nunca vá embora. Então, na realidade, você não saiu da minha vida. Não pode haver perda no que jamais foi pertencida.

Você saiu da minha vida para se aprofundar na sua

Talvez a vontade de encontrar um amor seja tão hipnotizante que a gente invente amores que nada mais são do que equívocos gigantes. Gigantescos e mirabolantes, como a pulsão de nosso amar. Quer saber? Os amores não vão de nossas vidas nem vamos nós de vida alguma. Os amores, que são amores, quando chegam nunca saem, mesmo que um dia murchem como as flores. O que sai das nossas vidas não é amor. Vejo tudo claro e enxergo como jamais enxerguei até agora. O amor quando entra em nossas vidas pode acabar, mas nunca irá embora. O que entra nunca sai e se não entra não é amor. Você saiu da minha vida, é um equívoco. Se nem entrou, me perdoe o devaneio, por favor.

Castelo encantado

O grande amor é enganador: é pra quem quer ser um voador

Me engana. Me faz acreditar em tudo de novo. Me faz sorrir, sonhar e ficar cego e ficar bobo. Me faz isso, amor! Quero olhar nos seus olhos e ver sua ternura. Quero acreditar na sua pureza. Quero de novo, enfim, ter a certeza. De que encontrei a alma gêmea, a minha metade nesse mundo. Tanto faz se não for verdade. O grande amor, de todos, não é o que possui o dom da realidade. O grande amor, de todos, é o maior enganador.

Quero entrar no amor e me sentir dentro do castelo encantado. Com o Mickey e as princesas conversando comigo ali do meu lado. E então o amor será uma grande fantasia, uma terra onde reina o encanto, o deslumbramento e a poesia. E onde vou adentrar com minha amante cavalgando o meu cavalo branco nesse reino distante, onde a crueza do real não fará parte. E no nosso olhar há de reluzir um encantamento de altíssimo quilate que irá brilhar. Inquebrantável como o diamante, mas invisível ao mundo como todo ar.

O maior amor engana não porque é traiçoeiro. É porque o amor verdadeiro é o que nos protege com uma fina lâmina do mundo sorrateiro. Ele desperta nossa atenção para o mundo que só existe quando os amantes, conectadíssimos pela paixão, são lançados a outra frequência que só eles habitam. Não, não falo do amor passageiro. Esse embriaga mas não nos leva para passear pelo universo. Digo, o universo inteiro. Somente o grande amor consegue criar essa ficção: que a realidade não é tão dura como nos diz a razão.

Ah, os meus braços já enlaçaram outros que eram só realidade. E viver o real não é ruim, mas é como voar com os pés no chão. A gente vê tudo sem distorção. A gente vê a vida como ela é. E a vida é uma bênção, como negar? Mas o grande amor não é para ver, é para voar. Por isso o amor tem de ser cego: porque já existe mundo demais fora do amor pra se ver e quem ama não quer ficar nesse mundo. Quer um parceiro para viajar pelo universo. E olhar no olho um do outro e declamar apenas um verso. De um amor que vem lá do fundo. E que não, não existe em nenhum lugar deste mundo.

O grande amor não é para ver, é para voar

O grande amor é o que vai me enganar nas minhas últimas horas. Vai dizer que estou bem quando estarei indo embora. O grande amor é o que estará ao meu lado na minha pior derrota. E dirá que venci e eu vou acreditar. E encontrarei forças para me reerguer e para dar a volta. O grande amor vai me enganar e dizer que o tempo passou e continuamos lindos. Que nosso beijo derradeiro é tão emocionante como o primeiro. O grande amor é o que saberá me enganar, mas não será um engano. Será o véu, será a fantasia, será a pureza com que cobrirei a realidade. O grande amor assim será. Será o amar.

Grandes ruínas

Uma das medidas do amor são os escombros do desabamento

Quantos escombros... Dezenas, centenas de toneladas de entulhos, vigas fraturadas, ferros retorcidos, lajes devastadas, uma nuvem de poeira que cega tudo ao redor, hidrantes que projetam a esmo jatos d'água, focos de incêndio por todo lugar. Que grande e majestoso desabamento, uma implosão espontânea como nunca se viu. E o amor que chegou às nuvens, subiu andar por andar até o topo, o amor que um dia virou um arranha-céu, simplesmente ruiu, caiu dentro de si, engoliu-se, voltou ao térreo de onde um dia edificou sua imponente construção.

O amor não se mede só pelo que se fez, mas também por todo o desfeito. As grandes obras exigem tempo e dinamite pesada para ruírem e muitas viagens para retirar e carregar toda a demolição deixada. E há muita beleza em ver a montanha de despojos de tudo o que foi um dia. Aquilo não é só destruição. Aquilo é toda a matéria-prima do amor, que um dia sedimentou um edifício que parecia para sempre, onde se viajava de cima para baixo, onde os corredores amplos e iluminados convidavam para salões de festas, bailes nas madrugadas, jantares à luz de velas, alcovas à meia-luz, lareiras que crepitavam, terraços de onde foram vistas as mais lindas luas cheias e as mais encantadoras alvoradas. Tudo isso porque o que se construiu era alto, espaçoso, sólido e gigante.

E quando colossos viram pó, o pó enche quarteirões. E isso apenas significa o colosso que existia. Há amores que ostentam grandes ruínas. Há amores que desmoronam a um ou dois golpes na alvenaria. Os primeiros são amores de arranhar os céus. E uma das formas de medi-los é pelo rastro de destruição que deixam quando desacontecem. Quanto maior a obra, maiores serão os escombros. E que os escombros então nos sirvam de orgulho, de fonte de contentamento, não de tristeza ou motivo para perda, pois cada pedra amontoada, cada peça retorcida, representa a lembrança de uma obra que um dia foi alcançada e construída até seu apogeu.

Os amores que desabam em dois toques na parede, em duas cajadadas, em dois lances da marreta do desencontro ou das picaretagens do destino, esses amores criam estrondo, poeira, buraco e restos quando se vão. Mas o estrago é tão pequeno, que o conserto é rápido. Qualquer pedreiro vem e repara o que cedeu, os vazamentos, assenta os poucos tijolos e sobrepõe a argamassa. É só passar o rolo e pintar a superfície e ninguém nunca, jamais perceberá que algo ali aconteceu e com o tempo talvez o próprio, ou a própria, se esqueçam daquele pequeno incidente.

O homem frágil é de um tempo em que as paredes eram de concreto, as lajes e as vigas, idem. As construções eram para sempre. Hoje, tudo é mais fácil: paredes de *dry wall*, tetos de gesso. As construções eram demoradas, havia muito desperdício, as estruturas eram pesadas e realmente era difícil reformar depois de pronto. Agora, tudo é mais rápido, mais simples, mais acessível, mais fácil de fazer e refazer, mas a lógica é da praticidade. Nada é feito para durar. Como mudaram as construções! E assim também mudaram os amores. A arquitetura e a engenharia do amor não são calculadas em pranchetas ou réguas, mas em programas de computador. Tudo está mais rápido, mais simples. É mais fácil construir e a demolição, bem, é muito mais ágil limpar o terreno.

Pois eu vou fazer como a diocese de Barcelona. Vou iniciar uma catedral como a de Gaudí, a Sagrada Família. Está sendo feita há mais de 130 anos. Pedra por pedra. Não tem previsão para acabar. E se um dia ruir... que linda ruína será...

Eterno amante

De todas as certezas que tive, a que resta: a certeza da vida é viver

Um dia acreditei no amor eterno. Até que descobri que a eternidade vai até algum instante. E leva embora o que era o eterno amante. Sofri, desesperei, foi exasperante, mas aceitei no fim. Não há controle sobre o que está fora de mim. É que a eternidade não é uma prisão. A eternidade é como a areia, escorre pela mão. Aprendi que a eternidade é a ilusão que existe, existe sim, enquanto existe a fruição. Fora disso não há eternidade. Há circunstâncias, casualidades, que podem durar até para sempre, mas a soma de todas elas não é eternidade. É destino, talvez longevidade.

Um dia acreditei que o amor jamais se transformaria em nada. Até que descobri que nada é absoluto, nem o amor. E que o vazio pode preencher tudo que o sentimento um dia habitou. Eu me surpreendi, não entendi, fiquei perplexo, mas aceitei no fim. Ninguém controla a vida ou seu reverso. Há galáxias, estrelas e luzes no firmamento, mas há também buracos negros, antimatéria. É preciso ver que o que nos envolve é complexo. E o existir e o desaparecer fazem parte do mesmo universo. E no amor não é diferente. Porque o amor faz parte de tudo. E no tudo também existe o nada. Até na gente.

Um dia acreditei que uma jornada inteira deixaria o legado de alguma empatia. Até que descobri que todos nós mudamos, assim como a noite vira dia. E algo pode surgir e ofuscar tudo e atrair toda a atenção como numa espécie de magia. Eu rachei ao meio, perdi o rumo, estraçalhei minhas certezas, mas aceitei no fim. A empatia é a melodia da flauta pra serpente. Capaz de enfeitiçar com o seu vibrar o coração, a alma e a mente. Mas, serpentes, como serpentes podemos perder o encanto não mais que de repente. E pouco importa quanto durou a arte do flautista. Serpentes, estaremos sempre hipnotizados, sim, mas poderemos obedecer ao toque de outro artista.

Um dia acreditei que tudo teria algum limite. A começar pelo distanciamento, que na dor mais extrema haveria de imperar algum comedimento. Até que descobri que uma vida inteira não é garantia de qualquer sentimento. Desabei, desmoronei, caí em mim, mas aceitei no fim. Porque ninguém é responsável sozinho por toda intolerância. Há que haver dois pontos longínquos para existir uma distância. E o desprezo acumulado às vezes se paga de uma vez, com abundância, pois o amor é uma conta em que tudo fecha, tudo se quita, sem ganhadores ou perdedores, sem dívidas nem credores.

De tanto acreditar em tudo, tanto tempo, já não sei mais. Hoje eu não acredito. Apenas vivo. Porque as crenças podem estar certas ou erradas, mas a única coisa que existe é o que fazemos nessa caminhada. E só vivendo é que se aprende. As certezas passam, os amores, as dores. Estar vivo, não. Estar vivo é agora, é a sensação. Das muitas certezas que tive, vi uma a uma desaparecer. Exceto esta: a única certeza da vida é viver.

Um dia acreditei que o amor jamais se transformaria em nada

Minha Dulcineia

Eu queria ser o cavaleiro andante, o mais quixotesco dos amantes

Quanto tempo há de durar o amor eterno nesses dias? Agora em que tudo é descartável, qual será, afinal, a duração do inevitável? Sou de um amar em que o amor era uma corrente forte, de elos entrelaçados e permanentes. Mas hoje o amar é tantas vezes fulminante, incandescente e eu me pergunto: como é viver a eternidade se o efêmero é tão onipresente? O amor mudou e eu que tenho de me ajoelhar perante seu onipotente trono, ou me rebelo e saio pelo reino em meu alazão, combatendo os moinhos de vento atrás do delírio dos meus sonhos?

Acreditar no amor eterno tem um quê sim de Dom Quixote. É cavalgar pelo mundo como um cavaleiro andante sem rumo e sem juízo, caminhando na realidade, trafegando na fantasia, com um quê de ridículo, um quê de degradante. Tal como Quixote e seu idealismo, talvez o meu amar não seja pro meu tempo, nem meu romantismo. Envergo as minhas armaduras e quero amar como um ser medieval em dias em que as modernidades fazem meu anacronismo nada mais que um maluco, sobrenatural. E ainda assim, perturbado que sou, não abandono minha ideia. E sonho encontrar em algum ponto a minha Dulcineia.

Pareço, pareço não, sou um ser patético, tenho algo de burlesco. Sair pelo mundo do real à flor da pele com a idealização do antigo amor? E amor muda, afinal? Não será sempre o mesmo? Eu sempre acreditei que sim, sim, será sempre o território da pureza, da mais bela entrega, da mais perfeita harmonia. O paraíso da confiança que só cabe nos corações e na poesia. Eu nunca acreditei no amor predatório, o amor da selva, um amor que não tem nome, que é só um somatório. Talvez por isso eu seja quixotesco. Porque mudou o mundo, mudou o amor, mudaram os amantes e quem vive velhas fantasias exala algo de grotesco.

De quem será a culpa? Não, minha não é. A culpa é dos gigantes contra os quais investirei com minha lança. Não, não venha me dizer, oh Sancho Pança!, que são moinhos. Não vês que são monstros? E vou enfrentá-los. Com coragem. E vou sozinho. E isso não será prova de minha loucura. Não. É que o que existe em mim não cabe na realidade. E a culpa não é minha se o real é tão confinado e apequenado, se há tanta limitação na normalidade. Por isso, sonho como Quixote, sonho acordado, sonho com o amor idealizado, mas é real. Como os moinhos. Caso encerrado.

Quanto tempo há de durar o amor eterno nos tempos do tudo efêmero? Que amor pode compensar as múltiplas adrenalinas dos incontáveis inícios? Que amor perene pode alcançar o ápice das seriais conquistas? Que amor estável pode saciar o vício dos traquejos e das perícias? Tem de ser um amor do outro mundo, um amor onde vive Dom Quixote, onde os moinhos são os únicos inimigos e a fantasia é a trilha que conduz as emoções do cavaleiro andante. Apesar de toda a realidade desse mundo, eu confesso que queria ser o mais quixotesco dos amantes.

Acreditar no amor eterno tem um quê de Dom Quixote

Paixão que devora

Encontrei você, você se arreda e eu me assusto: não é justo!

Não é justo! Não é justo eu ver você desfilar assim tão bela e só me restar o papel de espectador de sua plateia. Não é justo me arder tanto e saber que o meu vulcão foi feito pra se derramar em suas escarpas, enquanto você fabrica os ardis mais cabulosos e, ao fim, de mim me escapa. Não é justo desperdiçar tanta atração, tanto louvor, tanta faísca, tanta alquimia, porque você e eu não somos fenômenos que acontecem todo dia. Não é justo você não dar seu passo em falso, pois eu não sou e nem serei seu cadafalso.

Não é justo imaginar que nossa explosão possa provocar um escarcéu de estilhaços. Não é justo se congelar dentro de si, diante de mim, sendo você parte de mim. Não é justo ter a certeza de que você é a mais sublime expressão e a síntese mais concreta de toda a poesia e, ao mesmo tempo, não te viver, só imaginar você na fantasia. Não, não é justo percorrer você até o meio do caminho sabendo que sua trilha tem as linhas que desenham meu destino.

Não é justo você brincar como se tivéssemos todo o tempo quando a minha sensação é que estamos apenas desperdiçando desde já nosso momento. Não é justo você não perceber que o mundo nos amalgamou e somos já uma substância e que toda sua prudência não tem qualquer importância. Não é justo eu ser solitário quando já encontrei você, e você parecer não ser sem estar comigo. Não é justo eu te chamar de amor e você, de amigo. Não é justo eu identificar entre bilhões a sua criatura e ouvir você se arredando dos meus braços e falando "seu figura".

Não é justo você perder o prumo ao saber que ia me ver pela primeira vez e achar que minha chegada em sua vida provocou-lhe um engulho e que isso foi mero detalhe, um mal-estar fortuito talvez. Não é justo eu continuar procurando o que já encontrei e você insistir num desencontro porque essa é a sua lei. Não é justo a minha vida não entrar na sua e não é justo a sua não entrar na minha. Não é justo eu estar só nem você sozinha.

Não é justo não nos lançarmos em nosso precipício e ficarmos jogando fora um amor, colocá-lo no altar de um inútil sacrifício. Não é justo eu ter certeza que você está pronta para amar e ser amada e ter de conviver com a sensação exasperante que sua cadência pode me condenar ao simplesmente nada. Não é justo termos percorrido, nós dois, a longa estrada e nos cruzarmos apenas para sermos uma encruzilhada. É por tudo isso que, às vezes, sinto raiva, fico perplexo e que me assusto: porque encontrar alguém como você e não te ter, definitivamente, não é justo.

Não é justo eu ser **solitário** quando já encontrei você

Eis meu azar

Um amor de anos-luz de viagem ou talvez só uma miragem

Ela me diz que terei grande sorte quando ela me encontrar. E eis aí o meu azar. Ela está bem aqui na minha frente. E eu? Eu não existo. Eu sou um nada, totalmente transparente. Essa é uma das mais ardilosas manhas do amor: uma alma encontra a outra, mas continua solitária, porque a outra não é sua. É de outra alma o seu encanto. E talvez essa outra alma, que detém esse encanto, esteja encantada com outro encantamento. E, assim, o que era pra serem encontros acaba se tornando afastamento.

Eu tangenciei o amor da minha vida. Eu bati no casco. Eu toquei seu ventre. Arranquei a casca da ferida. Eu cheguei bem perto. Senti seu pulsar. Farejei seu rastro, mas ele era arisco. Era como um marlim. E quanto mais eu fisgava, mais ele nadava para longe de mim. Para o mar. Ele desafiava o meu barco. Destrambelhava o meu anzol. Invertia a rotação da minha lancha. Só quem já pescou um marlim sabe a sina – e sabe mais ainda como se rompe fácil a linha que nos prende a ele, e é tão fina.

Que grande sorte eu vou ter quando encontrar o amor de minha vida! É o que tenho de escutar logo de quem? Escuto dele me rogar essa grande profecia! E ouço sua voz com os votos da mais elevada alegria. Ele fala sério, mas só pode ser ironia. Ironia do destino que justamente tudo o que eu quero venha me dizer que tudo que eu quero vai me querer, mas a verdade é que tudo o que eu quero não me quer! O meu amor é um peixe ensaboado que sai por aí a deslizar nos oceanos. E de pouco irá adiantar eu dizer todos os possíveis e impossíveis eu te amo. Como é simples o que é complicado! E como é complicado o que é simples! A diferença? Basta ser ou não ser algo que já nasceu para ser predestinado.

Eu aprendo com esse marlim, que desliza pelas águas e me leva. Só uma lâmina de fio nos conecta. E tudo pode se romper a qualquer segundo. E o marlim estará de novo à solta para navegar sua beleza pelas profundezas dos mares todos do mundo. Mas um fiapo de quase nada é tudo o que nos une. E vou delicadamente vendo o lindo peixe se afastar em direção ao nada. Ele tem a impulsão da natureza. E eu tenho o tempo, a paciência e a linha esticada. Há aqui o balé de dois seres submarinos: eu não posso deixar romper o fio e o marlim precisa escapar do meu destino.

Então, ouço sua tirada com uma mistura colossal de sentimentos. Uma parte de mim se assusta e a outra morre de rir por dentro. A mulher que eu quero dizendo a mim que terei grande sorte quando a encontrar. Mas é um enorme azar ouvir isso dela, ouvi-la me falar. Ela me provoca os mais primitivos instintos. Nunca um amor esteve tão perto de mim e tão longínquo. Nunca a um passo de mim e de anos-luz de viagem. Nunca um amor esteve tão a ponto de acontecer ou de ser apenas uma miragem.

Tangenciei o amor da minha vida, bati no casco

Invasor errado

O coração estará sempre aberto, mas só para aquele que é certo

Seu coração é uma fortaleza inexpugnável. Não há frestas, nem ranhuras, é indevassável para mim. Mas eu sei que nenhum coração é tão fechado. Os corações se escancaram facilmente, ao menor toque do inevitável. O problema sou eu. Eu é que sou o invasor errado. E por isso fico aqui de fora, acabrunhado, paralisado. Seu coração está fechado, porque não pertence a mim a chave para arrombar seu cadeado. O amor é a coisa mais fácil e difícil que há no mundo: quando é pra acontecer, desmonta todas as certezas. Quando não é pra ser, é preciso aceitar. Não há como lutar contra a natureza.

O homem frágil busca o amor que seja de verdade. E precisa se despir primeiro da arrogância e calçar as sandálias da humildade. O amor acontece em tudo e, sobretudo, em tudo que não acontece. O amor se manifesta nos mais inevitáveis encontros, mas também nos mais desconfortáveis desencontros. E, assim, defronto com sua muralha paciente. Ela não é um ponto de parada. Ela me diz: siga em frente. É preciso ouvir o amor quando ele fala. Ouvir com serenidade, pois o amor só nos fala a verdade.

É por isso que acredito no amor que é verdadeiro. Porque ele não é o mais sutil nem o mais diplomático, mas é sempre o mais fiel e o mais certeiro. Ele não virá sussurrar promessas doces e vãs aos meus ouvidos. Ele falará a sua língua, que é sincera, por vezes crua, mas tocará os meus sentidos. E falará por vezes as declarações mais puras que irão provocar o maior arrebatamento. Sim, mas o amor terá suas noites escuras e ventará em minha alma com seu ar frio e congelante que açoita, o sofrimento.

Mas a verdade é o amor, e ele sempre tem razão. O resto é vaidade ou talvez ilusão. O amor fala e seu outro nome é destino. Quando é pra acontecer, desafia tudo e todos, os amantes ficam loucos e quem vê de fora essa trama, chama o que não compreende pelo que não é, mero desatino. Do mesmo modo, o amor que tem raiz na realidade não se impressiona com as falsas grandiosidades. Pode renegar toda riqueza, tudo que reluz, tudo que brilha. E eis do amor sua maior beleza. Ele é algo que vem de dentro. E, se não vem, o que está fora é marola, um soprar do vento.

Pois eu vejo seu coração fechado para mim, mas sei que ele está aberto. Ele é tão fácil de entrar, mas tem de ser pelo conquistador correto. E essa muralha que o protege se abrirá um dia no momento certo. Será quando o amor disser que chegou a sua hora. Eu vejo esse coração lindo com emoção e com respeito. Ele não me manda embora. Ele me diz que devo seguir o meu caminho. Ele é um sinal não de tristeza, mas de esperança. Ele me indica que há um coração que vai se abrir para mim e que não ficarei sozinho. Ele só não está aqui, nem agora, nesse ponto que a minha vista alcança.

O amor se **manifesta** nos mais desconfortáveis desencontros

Forças irresistíveis

Planeta, vou viver em você imerso e passear pelo universo

Sinto sua gravidade se aproximar da minha. Sinto as atrações se propagarem pelo espaço. Sinto as forças irresistíveis formarem o alinhamento de todos os astros. Ah, como é lindo e encantador, quando vejo de perto o seu corpo celeste! Como é celestial me aproximar de sua superfície, aterrissar em sua sinuosa crosta terrestre! E passear por você toda. Seu planeta inteiro. Sinto-me um alienígena maravilhado depois de uma longa viagem pelo universo. Sinto-me enfeitiçado: como poderei ter encontrado um paraíso assim desabitado, onde minha tentação é ficar pela eternidade totalmente imerso?

Quero escalar suas cordilheiras e mergulhar nos oceanos que agitam suas costas. Quero pular de seus despenhadeiros, quero explorar cada centímetro quadrado de suas bordas. Quero nadar nos seus lagos azuis, quero ver seu sol nascer, quero ver seu anoitecer. Quero beber da sua chuva, quero me encharcar nas suas tempestades, quero ver o sol se pondo atrás dos montes no aconchego das suas tardes.

Planeta, planeta, estranho planeta. Eis-me aqui em sua órbita. Eis-me aqui com a avidez do explorador desbravando suas matas e percorrendo suas rotas. E me perdendo em sua imensidão e caminhando ao léu sem sentir medo, sem sentir angústia, apenas eu sobre você e sob o seu céu. Planeta, acabo de chegar e não tenho mais pra onde ir. Pra quê? Minha espécie pode sobreviver nas suas planícies. Sair daqui é deixar o paraíso, é tolice.

Vou construir em você o mundo todo. Vou habitar todos os seus continentes, vou construir cidades em todos os seus cantos, vou levantar espigões nas nossas megalópoles, vou povoar você com milhões, bilhões de mim, vou abrir estradas em você toda, vou sugar toda a energia dos seus rios e iluminar seus olhos com toda a minha engenharia. E você será um planeta totalmente habitado e eu serei tantos em você que caminharemos o tempo todo em todos os seus lados.

Planeta, você vai ser minha morada e haverá um remoto dia em que ninguém saberá ao certo como aconteceu a minha chegada, se houve o dia da Criação ou se foi eu que surgi de você quando não havia nada. Será esse um dia o que hoje eu sei e já sabemos: um eterno mistério. De onde viemos? Para onde vamos? Por que estamos? Planeta, essas perguntas um dia não farão nenhum sentido. O importante mesmo é que eu lhe darei um nome e viverei até o infinito em seu território vasto e conhecido.

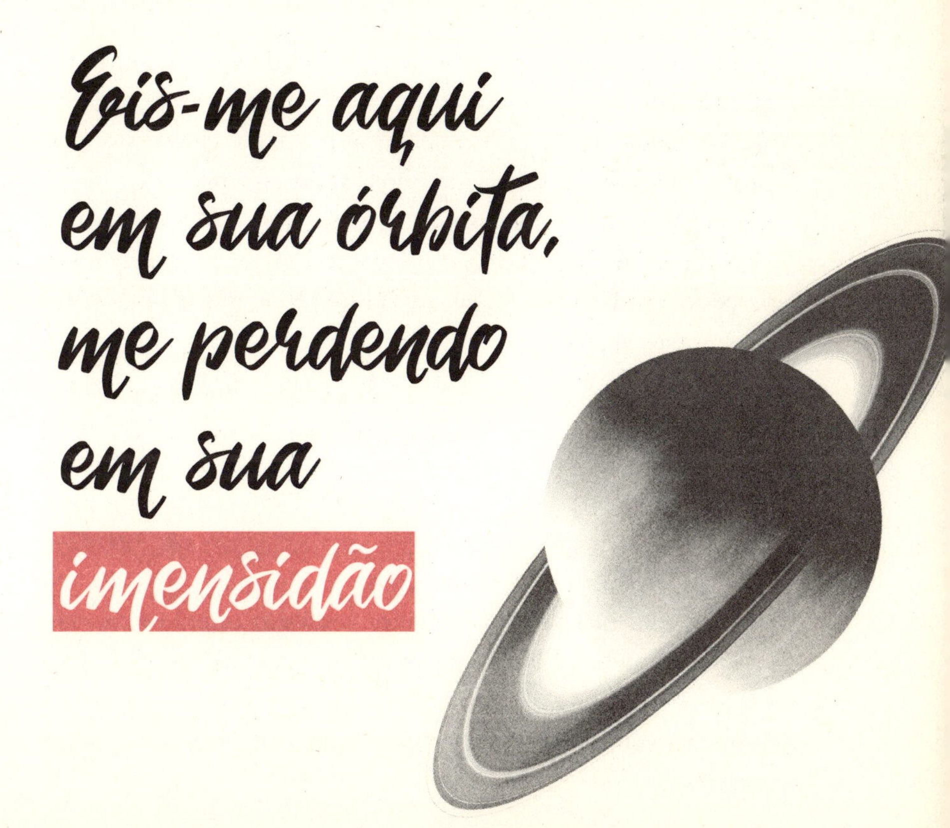

Maravilhoso espetáculo

Vida sem amor, Terra sem mar: firme demais, mas sem navegar

Essa onda novamente quebra na arrebentação da minha vida. É o movimento eterno do amor, o perpétuo sentir, que se renova num fluxo constante e majestoso das emoções vividas. Ah, que maravilhoso espetáculo observar o balé das ondas se desdobrando sobre mim mais uma vez! E lembrar que privilégio o oceano ser de mim um destino que me fez. Eu me lembro da remota onda que se quebrou pela primeira vez na minha praia. E olho deslumbrado para a linda, formosa e radiante força que chega sobre mim agora, inunda-me e se espraia.

O amor é esse mar que se renova e que deságua sempre. Há quanto tempo eu vejo suas correntes! E quantas vezes eu vi esse mesmo amor, de outra forma, em outra onda, chegar do mar, chegar potente. Passei a vida observando essa maré de amores encapelados, que requebram dia e noite num moto contínuo e ritmado. O amor parece tão inesgotável quanto o mar em sua perpétua produção de ondas, infindável. E eu, que já olhei tanto essas areias, vejo surgir com encanto o seu volume, amor, e sua explosão certeira.

Pra quem nunca viu o mar, a maré não existe. Pra quem não acredita no amor, só há o que é triste. É como se o mundo fosse feito de terra, onde não houvesse oceanos, onde não houvesse praias e ondas, onde a aridez estivesse em todas as vistas, em todos os planos. A vida sem amor seria um mundo sem mar: terra firme demais, nunca navegar. Não haveria balanços, solavancos, ninguém desbravaria os roteiros revoltos. O mundo sem mar seria como a vida sem amar: seguro, sim, mas sem alma e sem rosto.

Eu acredito no amor e vou sempre acreditar. Porque eu sei da imensidão do mundo e porque eu sei que existe o mar. E o amor inunda os meus continentes. O amor vem como ondas, ele quebra em minhas praias, foge pro oceano. Não importa se ele vem ou se ele vai. Importa o que se vê, o que se sente. O amor é uma corrente. Incoerente, fluente, inconsequente. Mas o amor existe, circunda o mundo e saibam os que não o veem: é só andar até os limites da terra firme e ei-lo lá, ei-lo presente. Com sua força perpétua, suas calmarias e tempestades, sua força ruidosa e tão eloquente.

O mar do amor invade minhas areias novamente. E chega renovado com a vazão da beleza e da pureza mais pungente. Eu olho esse amor se aproximar de minhas costas e me deixo inundar por suas águas cristalinas. Eu sinto a natureza fluindo, a mais perfeita comunhão que há no mundo. É quando a aridez da terra seca se deixa mergulhar pelo que salta dos lugares mais profundos. A linda onda se aproxima da preamar e se derrama com todo seu esplendor. Quem acredita no mar, acredita no amor.

O amor parece tão inesgotável quanto o mar, infindável

Ainda arde

Se sol a vida lhe fez, não é para apagar, mas começar outra vez

Amor, você é um sol escondido por entre as nuvens, mas é um sol. Você é um sol que se derrama no poente, mas é um sol. Lá fora venta um frio arrepiante, mas por dentro você, sabemos, é uma estrela escaldante. Porque é um sol. O inverno pode atravessar a sua vida, mas o sol que há em você não adianta, irradia. E por mais que você se esconda na escuridão das madrugadas, a noite irá embora e chegará brilhante, chegará o dia. E com ele você, porque você é o sol. Oh, sol!, por mais que queira ter esse halo defensivo, o seu núcleo são labaredas e é todo abrasivo. Sol, quem olha pra você e fica cego não possui as lentes que carrego.

Sol, que estrela solitária afinal é essa? Que ilumina, que aquece tanto, que derrama tanta luz, mas ao mesmo tempo afasta qualquer corpo que sua órbita atravessa? Não foi sua natureza que fez você incinerar qualquer tentativa de contato. São as explosões de sua crosta que provocam combustões incontroláveis. Será que não vê que cada reação que tem é apenas prova do quanto você ainda arde? E que sóis foram feitos pra ferver e tornar o seu entorno escarlate?

Sol, não tema nunca ser um dia possuída. Sóis foram feitos pra outra coisa. Sóis foram feitos para a gente orbitar. E passear com eles no infinito, em algo chamado sistema solar. Em que o sol sempre será o centro de tudo o que existe, o grande emanador, nutriente da vida, o que tudo ilumina e dá calor. Sóis não são feitos para serem sozinhos. O Criador os concebeu para terem planetas e luas rodeando todo o seu caminho. Não, sol, você não aconteceu para ser um astro solitário. Foi para formar uma família com o singelo nome de sistema planetário.

Todo sol tem uma história, e quase todas são parecidas. É o resultado de acidentes de galáxias, da desintegração de matérias, da transformação de vida e morte na mais sublime energia. E os sóis queimam e incendeiam, porque suas chamas são suas feridas. São as feridas que carregam toda estrela, é o que lhe fere, é o que lhe dá luz, é a sua vida. Mas, sol, se Deus lhe fez assim há de ter alguma razão. E não é para se consumir em si mesmo. É para ser um elo da Criação. Se sol a vida lhe fez, é para continuar a vida. Não para se apagar, mas para começar de outra forma, como estrela, outra vez.

Sol, eu me aproximo de você e não tenho medo das crepitações que lhe abalam e que emana. É que vejo em você não sua superfície de tremores e convulsões gasosas, mas sua essência, que é humana. E nós, humanos, podemos ter radiações e línguas de fogo incandescentes, mas lá no fundo somos iguais, não somos assim tão diferentes. Há corpos, como o meu, que nasceram para viver à sua sombra, para colher seu brilho, que é quente. E há sóis como você, que surgiram para luzir, intensamente, para brilhar no céu, ofuscar os olhares. Mas não, sol. Há tanta vida aí dentro, que mesmo que queira se esconder em si mesmo deixará como rastro, queira ou não, os seus raios solares.

Que estrela solitaria afinal é essa, que derrama tanta luz?

Mais belas tramas

Amar não é literatura, mas arquitetura, o crochê dos enlaces

As palavras e as emoções... pi-po-cam. Nos quatro cantos da tela e nos quatro cantos do co-ra-ção. Mas coração lá tem cantos? Claro que não! Mas isso aqui não é grafia. É grafismo. É desenhar pulsões com a caneta do lirismo. Pra seduzir não só o imaginar, mas o próprio olhar. O grafismo com palavras é rabiscar a sua pupila com os sons das letras formando a cadência de uma melodia, mas aqui dentro há não só algum lirismo; há construtivismo. Linhas de palavras, palavras alinhadas. É o balé das sílabas, no balé da vida.

É quando as palavras se agrupam e formam um determinado som. E essa combinação sonora me impulsiona para um novo tom. E, assim, não sou eu que escrevo. É a música das letras que escorre na partitura, formada de sílabas, vogais e consoantes, muito mais que do reflexo de uma criatura. Não, as letras e o som das circunstâncias que elas provocam é que conduzem a prosa. E não eu. E o que acontece no fim é a música que surgiu de mim. E um eu que surgiu dela, que eu nem sabia, não conhecia. Fui apresentado por ela.

É como fazer crochê com letras. Começo fazendo um ponto. E o ponto leva a outro que leva a outro e a outro e pronto: a linha virou flor. E a flor se conectou com outro traçado e eis outra flor ali do lado e, quando se vê, há uma colcha linda feita no bordado. É mais ou menos assim desenhar o crochê das letras com a agulha da emoção: é a mão que conduz o bordado e não a razão. E é nesse grafismo indolente que o homem frágil navega: brincando de ver o que surge enquanto sua mão trafega. Sabendo que não é literatura. Há algo que você só vê quando eu lhe mostro pacientemente:

isso aqui é arquitetura. Os tijolos, as vigas, as lajes, os nós do meu crochê: você vê?

E o amor, o que tem a ver com tudo isso? Tudo isso, ora! Porque o amor é como o jogo das palavras: cada momento provoca algum movimento e não são os amantes que fazem o romance. O romance é que faz os instantes. E cada um é uma agulha desse fino bordado. E trancam os mais belos nós, nas mais belas tramas, nas simetrias mais sublimes e mais humanas. E movidos pelo ímpeto desse crochê, os amantes quando veem fizeram um manto sem perceber. Esse não era o propósito, essa não era a razão. O objetivo era apenas dar o primeiro nó, com a linha na mão.
Mas os amantes são simplesmente levados, assim como eu no teclado. Escrever e amar, é começar a tela em branco e olhar no fim o que foi digitado. Sem criar a trama no início, apenas deixar que cada palavra se encaixe, até chegar ao fim, até o desenlace.

Pois eu não sei se escrevo, se desenho ou se o que faço é uma forma de melodia. Assim como não sei o mesmo no amor. Eu só sei que escolho a melhor palavra que tenho. E me embrenho. E faço o melhor floreio que posso. Eu me esforço. E vou lapidando o vernáculo e ligando uma pepita a outra até formar um colar. Não saio com uma obra pronta, não saio com um corte no buril. O que surge é o que fluiu. E quando vejo há um começo, um meio e um fim. Um significado. Que não veio de mim, não foi premeditado. Foi mero resultado. Das combinações das circunstâncias e possibilidades. É assim que eu grafo as palavras, o amor e a felicidade.

O amor é como jogo de palavras: cada momento provoca algum **movimento**

Correr riscos

Nada na vida nos aproxima mais da vida e da morte que o amor

Quando o amor nasce, tudo parece vida, tudo parece morte. É como a árvore gigantesca que desaba depois do corte. É um cair sem controle de si próprio e ver a raiz ficar em outro norte. Quando o amor nasce, a vida volta às expressões da face. E a máscara sepulcral finalmente deixa de ser o meu disfarce. E as contrações mais espontâneas do gozo matam o cadáver que dominava e o ser humano ali renasce. Nasce o sorriso, nasce o brilho na tua face, nasce de novo a criança travessa destemida e assustada que pede um colo e se aconchega no enlace. Quando o amor nasce há muito de vida e muito de morte em tudo quando seu eclipse projeta sua sombra sobre os corpos celestes.

A morte está em se lançar no precipício. Não há amor sem correr riscos, e o amante se suicida para amar. Mata primeiro o medo do amor, mata depois toda prudência e segue matando o juízo, os cálculos, todos os condicionamentos que o amarravam ao não amar. O amor mata o poderoso chefão frio e distante que existia e passa displicentemente o cetro para o anarquista, irresponsável, ensandecido, que assume o maior de todos os poderes: o de declinar de todo o poder para, livre dos controles e do medo, viver o amor, viver o amar. Morremos um pouco cada vez que amamos, pois matamos o que éramos e, pelo amor, nos transformamos. Nunca mais seremos nós depois de um amor. Seremos alguém que nos tornamos.

Há também muito de vida quando um amor nasce. Há uma ressurreição das alegrias, de todas as fantasias, todas as pulsões. O amor mata a morte, ao matar, faz reviver. E assim recria a vida no inanimado corpo. A vida eletriza os ápices, se contorce nos gemidos, nos tremores. É a vida que reacende o velho casarão desabitado e o invade com a multidão das vertigens. É a vida que abre as cortinas do teatro do rosto macambúzio e as faz subir e descerá ao fundo o sorriso empoeirado que, basta alguns instantes, voltará a reluzir como os mais poderosos holofotes. É a vida que se mistura ao sangue e, como mercúrio, sai queimando tudo dentro. Ai que calor!

Mas, quando o amor morre, a dualidade dessa coisa estranha também se manifesta. Há morte e vida quando os amores morrem. Morre de novo o impulso, a leveza, o espontâneo, a inocência. Morre a nuvem que nos rodeava e em que flutuávamos sobre tudo. Morre a luz do dia e o calor, e morre a velocidade dos ponteiros dos relógios. E a cerração volta à paisagem e assim o frio e assim o torturante tédio das longas horas. Mais um amor que morre, mais uma tumba sobre a qual celebramos outro luto. Quando um amor morre, vaga por aí um zumbi chamado alguém, um morto-vivo que irá ressuscitar assim que o próximo amor chegar.

Quando um amor morre, nasce outro alguém dentro de nós. O amor que foi encontrou um e deixou outro. E esse outro sairá primeiro como um zumbi, morto-vivo, vivo morto. Mas – eis a sutileza do amor quando vivido e, sobretudo, quando morrido – o amante que sai é um novo ser, de alguma forma. Mudado que foi pelo amor que morreu, nasceu como um novo alguém. Então, terá a doce ventura de poder amar de novo e viver a vida e a morte de novo e se surpreender, como se tudo fosse uma grande novidade. E será! Pois o amor que surgir encontrará um zumbi que ressuscitará em alguém que será o que jamais existiu antes. É alguém que nasceu quando o último amor morreu, e amará com a inocência e a ignorância das crianças o amor que chegar.

Nada na vida nos aproxima mais da vida e da morte que o amar

Futuro não há

Será a vida viver nos pontos cegos e nos fusos horários?

Eu amo como o homem que sabe que vai morrer. Um amor sem futuro nem passado. Apenas já. E já, já é o bastante, já é tudo. Só existe o agora. E se o amor for tudo, terá de ser antes de tudo agora. Porque ontem não é amor, nem amanhã. Somente já. E se não é enquanto for, nunca será nem nunca terá sido. Porque só existe esse momento: nós dois caminhando por estas linhas. Só existe o presente, meu amor.

A lucidez perfurante me atravessa, a lucidez sombria e serena do condenado que segue para o corredor da morte. Eu ouço suas últimas palavras. E o vejo em seu caminho ouvindo o silêncio e observo seus passos, e o percebo relembrando as alucinações da vida que vai ficando para trás. Quanta zoada criamos em nossas vidas para azucrinar o ato simples de viver! Quantos ruídos misturamos do passado no presente para nos atordoarmos inutilmente! Porque o que passou, passou. Mas só a clareza lancinante do homem diante do colapso é capaz de iluminar sua sensatez e lhe fazer ver corretamente. Por quê?

Por que estamos condenados a viver as emoções pela metade tantas vezes e só descobrir quando é tão tarde que deveríamos ter nos emocionado de outro jeito? Será que viver será isso afinal: um eterno fuso horário das emoções? É viver o futuro e o passado no presente e entender a vida quando não houver mais presente nem vida para se viver? Será que viver é saber, na teoria, que só o presente é o que importa, mas viver talvez também seja a grande idiotice de nunca colocar o que se sabe em prática? Viveremos como um idiota para nos certificarmos só no fim que cumprimos essa inescapável profecia? Ou será que a vida nos reserva um ponto de inflexão antes do corredor derradeiro?

Eu queria ser menos idiota. Eu queria alcançar a maior ambição: viver o aqui e o agora até meu último momento. E como seria grande o meu contentamento! Mas eis-me aqui incorrendo na recorrente compulsão: imaginar como seria não é viver esse momento; é viver uma hipótese, um futuro. E o futuro não há. Só há o agora. E agora eu vivo como sempre vivi: como quem não sabe viver. Vivo no ponto cego, vivo a vida fora de meu campo visual. O futuro e o passado são campos cegos de uma vida. Visível é só esse momento. O que passou é invisível, o que virá é invisível, mas por que será que vivemos de fazer invisível o que está no aqui e no agora?

O homem que caminha para o fim enxerga tudo, finalmente. Enxerga o grande engano que foi viver sem nunca ver. Como teria sido ver tudo como é? Será que viver é tatear a vida inteira com a venda nos olhos do futuro e do passado? Como seria viver e encarar o presente o tempo todo e não apenas vislumbrá-lo quando ele está para nos deixar? O homem frágil queria sincronizar os seus ponteiros e viver o tempo e seu tempo ao mesmo tempo. Sem fuso horário, sem pontos cegos. Eu queria amar agora e viver agora e sentir agora. Pois a única coisa que sei é que, se não conseguir, será tarde demais. Eu me lembro do homem caminhando no corredor. Quero chegar lá com a mesma clareza, mas ter nos olhos um sorriso travesso de quem entendeu a vida antes, muito antes, de a escuridão chegar.

O homem que caminha para o fim enxerga tudo, finalmente

Explosão irreversível

No amor, é mais fácil encontrar a química do que a física perfeita

O amor? Sei lá. Mas acho que não é o encontro entre dois seres. É o encontro entre dois momentos, entre duas velocidades, entre duas trajetórias. E, quando há uma incrível coincidência, os momentos, as velocidades e as trajetórias em sincronia absoluta conduzem os seres que as possuem. Ouço muito falar que amor exige química. Sim e certamente. Mas ouso arriscar que o que define tudo é a física. E mais ainda: física quântica, aquela física, que diferente da física clássica, não pode ser comprovada e é verdadeira mesmo quando não aparenta ser. É mais fácil encontrar a química entre dois corpos celestes no amor do que a física perfeita.

A química é rara. Nem sempre acontece. E quando ocorre é uma explosão incontestável e irreversível. Aconteceu e é para sempre, mesmo que nunca mais se repita. A física, não. A física é banal. Dois corpos podem se encontrar facilmente, mas seguirem juntos uma mesma trajetória pelo espaço afora é um daqueles fenômenos que só a astronomia pode elucidar, pois caminhar pelas estrelas e pelo firmamento, pela vastidão da abóbada celestial, pelo universo, pela imensidão sideral, o nome disso é destino, o nome disso é harmonia, é uma sincronia absoluta a de dois corpos permanecerem em órbita um do outro por toda a eternidade.

A química acontece milhares de vezes, todos os dias, na coroa solar. O acúmulo de gases e energia provoca as labaredas e toda a radiação, as línguas de fogo e luz que varrem a Via Láctea. São fenômenos instantâneos. A química pode acontecer e se repetir, e a toda hora deparamos com ela em nosso dia a dia. E também no amor, sob determinadas condições de temperatura e pressão, dois corpos podem alcançá-la. Mas as órbitas e as sinfonias interplanetárias, a harmonia dissonante do universo é um equilíbrio de forças que envolvem todas as químicas, mas nem os físicos mais iluminados conseguem desvendar tamanho mistério.

O que faz os planetas circundarem o mesmo astro? O que faz a lua andar em volta de nossas vidas, todos os dias, desde o primeiro choro até o último suspiro? Encontrar é fácil, permanecer é astronômico. Cometas atravessam os céus, fogos queimam, ardem, incineram, mas desaparecem no pó. Mas somente as forças do universo explicam por que dois corpos seguem uma mesma trajetória numa mesma jornada pelo espaço. Por isso, o amor que eu acredito é o amor da física e não da química. É o amor em que exista a coincidência de momentos, de velocidades, de trajetórias. E exista também uma sincronia para que as acelerações componham um balé celestial, onde, sem que ninguém perceba, se defina uma órbita invisível provocada por uma atração gravitacional incontrolável.

Pois aí é que mora uma das grandes mudanças do amor e dos amantes. É que o amor mudou de disciplina. Antes, buscavam-se os astros. Hoje, a alquimia. Ama-se mais e em mais intensidade, porque o amor é uma substância mercurial capaz de provocar reações químicas a depender da conectividade dos átomos. As ligações químicas podem ocorrer com uma variedade de reagentes, conforme cada essência. Mas a sintonia dos astros é um fenômeno ainda não totalmente explicado. Há muitas teorias, mas muitos mistérios ainda o cercam. Há um campo de forças em permanente oscilação, há variáveis infinitas que afetam e interferem em todas as equações, há um enigma, algo inexplicável na astronomia, algo confuso, algo que toda a compreensão e clareza dos químicos jamais vão entender. Pois eu prefiro o amor dos astros ao dos tubos de ensaio.

Dois corpos podem se encontrar facilmente, mas seguirem juntos uma mesma trajetoria...

Amargor intolerável

De onde vêm essas erupções de cólera, justo sobre os amores?

Por que o mercúrio se introjeta em minhas veias e sinto o calor do magma queimando, atravessando, rasgando, fervendo meu corpo até alcançar os neurônios e desencadear a erupção da raiva, da palavra amarga, da expressão ranzinza, da frase mal colocada, do pior e mais rascante que existe dentro de mim? Pronto: saiu. De onde vem essa crueldade, essa brutalidade que não tem nada a ver com o amor, mas que o inunda nas tempestades, nas erupções de ódio, de fel, de detestar profundamente, absolutamente, irremediavelmente a pessoa amada? Como o néctar pode conter um amargor assim, amargor tão intolerável?

Por que solto os cachorros para quem lambo beiços? Por que enfio o punhal no dorso que me enfeitiça? Por que descarrego todo o paiol de munição no alvo fixo de meus mais adoráveis devaneios? Por que passo a navalha do rancor sobre a pele fina que apenas me ofereceu as maiores recompensas? Por quê? Por quê? Por que, afinal? Por que o pior de mim de repente assume o manche e quer produzir um motim e em seguida um naufrágio? Por que o amar não é só um mar sereno e por que fabrico *tsunamis*, avalanches? Por que ferir o objeto da mais sublime devoção?

Será a cólera que jorra pela minha cratera, e irrompe sobre os amores, como um grito de desespero de quem ama e que, porque ama, quer destruir o amor para, sobre a calcificação de o nada poder finalmente se libertar? Não, não, menos! Isso é romantizar demais o destempero dos coléricos, é tentar dar ares de nobreza a algo que não pode vir do amor. Ou vem? Ou o amor não será só a paz dos tibetanos, mas também o caos que habita todas as almas e ao qual nem o amor, por mais sublime, está imune? O caos também não é parte do universo? E o universo não é tudo? Assim como o amor?

Talvez, talvez, a cólera seja a última máscara que cai. Pois o amor, o amor, nos deixa nu. Ele revela os nossos dias mais iluminados, mas expõe nossas noites mais tenebrosas. E eis que, de repente, um surto patético se apodera de nossa alma e vomitamos a bílis que escondemos do mundo inteiro. Mas que trágica ironia: para despejar justamente em quem mais amamos? Como num curto-circuito, a pior palavra involucrada na intolerância mais imbecil atravessa a garganta para ferir os ouvidos em que há pouco sussurrávamos as maiores exclamações do desejo absoluto?

Eu me assusto com esse monstro que me habita. Eu tento prendê-lo em minhas masmorras. Mas ele é sorrateiro e ardiloso. É meu mais antigo inimigo, mas como derrotá-lo? Ele me sabota e saiba, meu amor, ele me amedronta, me aterroriza, me assusta, me humilha toda vez que sua cólera me rasga e eclode muito antes que eu possa dominá-lo. Os amores são testemunhas oculares de tudo que vive dentro de nós. E somos às vezes trucidados pelo rancor. E, eis a triste realidade, isso faz parte do amor. Não é amor, certamente. Mas o amor aproxima tanto dois seres que nada é despercebido. Tudo de bom é degustado. Mas a cólera, ácida, cruel e tão humana, também vive em cada ser. Somos vulcões, no mais das vezes inativos. Mas nossa lava, quando escorre, verte e incinera justamente o que reside em nossas encostas, em nosso mais restrito raio. E nada mais próximo do que o amor mais intenso. Que os amores sobrevivam e os vulcões nunca entrem em erupção. Essa é minha prece ao amor.

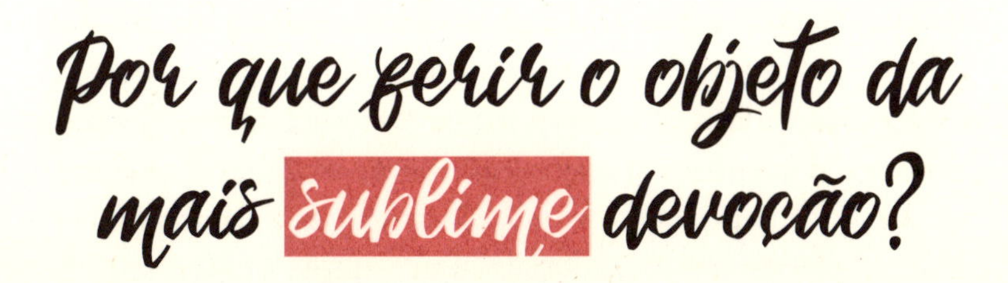

Tola obsessão

As marcas do amor são desenhos de bisões de nossa pré-história

Eu vi um coração arranhado num velho banco de madeira e ele me disse que alguém, algum dia, amou ali. E eu? Como vou deixar a minha marca? Como você saberá que eu amei um dia? Haverá ainda o papel? Por que meio digital acessarão essas palavras? Os textos serão ingeridos assim como comprimidos e eu estarei existindo em você agora: alôôôô... eu estou dentro de você? Ou tudo que foi escrito será transformado numa voz e eu serei ouvido? Ei, essa voz não sou eu. Eu sou o que é dito. E eu lhe digo que um dia amei e queria apenas deixar isso marcado. Mas pra quê?

Não basta ter vivido, não basta o próprio amor? Por que eternizar um sentimento? Filhos? Fotos? Lembranças? Objetos? Pra que então, ainda mais, falar sobre amor e flertar com a eternidade? Que pretensão idiota, que falta de sensatez! Eu não me enxergo, não é? Não, definitivamente não. Eu só vejo esse coração sulcado no banco de madeira. Banco pintado de tinta brilhante verde. E o coração ali. Acho que foi chave. Faca? Não, ele não usaria uma faca. Só se fosse à noite. Mas foi chave. Foi chave, com certeza. E quem disse que foi ele? Pode ter sido ela. Terá sido no auge da paixão ou na melancolia da saudade? Ou quem sabe na plenitude da afinidade total, os dois juntos?

Ai, as marcas de amor! Elas ficam. Algumas somem logo após a eclosão dos corpos. Outras nunca aparecem, mas jamais somem do imaginário. E há essas, nos bancos, nos livros, nas poesias, nas músicas, nos textos. Essas querem sobreviver desesperadamente. Pra quê? Pra quem? Por quê? Sinto-me desenhando bisões nos tetos das cavernas de Altamira. Estou na pré-história se você cruzar com isto aqui. Meus bisões são o amor de quem já foi um predador um dia, são os bisões assustadores de quem escapou da fúria em absoluto pânico, são os bisões que desejo abater antes da morte. Porque nós, aqui na pré-história, só pensamos em bisões. E eis aqui uma marca dessa nossa pulsão.

O que marca no amor e o que deixa marcas? O homem frágil se pergunta. Porque tudo marca. E quando se vive tudo são tantas as marcas que o amor se torna uma peça quase barroca, tamanhos os detalhes, tamanhas as nuances, as reentrâncias, os contornos, as tranças, os vãos e desvãos. E um novo amor assim: é só mais um detalhe? Por que não? Pode ser. Marcar? Pra quê? Por quê? Que pretensão idiota! Que falta de sensatez! Eu definitivamente não me enxergo. Eu deveria apenas enxergar o outro. E viver o amor. E deixar marcas ou não marcas de lado. Que estranha mania, que tola obsessão...

Eu sei.

Mas eu queria ser aquele coração entalhado no velho banco da praça. Um coração que não faz sentido, uma marca que ninguém sabe quem é o autor, que quase ninguém vê e nem cruza com ela. Mas, ainda assim, ela está ali. Uma marca. De algo que foi, de alguém que existiu, de um sentir que não se conteve e cravou o ferro numa superfície e forçou, forçou, forçou até deixar sua pegada. Pra quê? Por quê? Pelo mesmo motivo do amor: porque há uma força que nos impulsiona num determinado momento e nos realiza e tanto faz os pra quês e os porquês. O que importa é só o que foi vivido. E tudo que foi vivido deixou uma marca. Mas eu queria ser como o coraçãozinho do velho banquinho da praça.

Outras marcas nunca aparecem, mas jamais somem do imaginário

Adorável incompletude

Estranho o amor: para vivê-lo todo, não pode ser vivido tudo

Existem corpos gêmeos, línguas gêmeas, toques gêmeos, paixões gêmeas, almas gêmeas? Haverá no amor uma força invisível que une dois rumos inevitavelmente, ainda mais agora quando os amantes mergulham e voltam à tona tantas vezes de tantas eternidades vividas e desvividas após completa imersão? O homem frágil um dia perdeu a inocência de acreditar que nunca o nada pudesse suceder todo um amor vivido. Mas o amor não tem regras e o nada também acontece e passa a fazer parte de tudo, como um buraco negro, que faz parte do universo, mas onde apenas existe o nada, o que não é. É o lugar de existir o não existir.

Não, não, não há aqui amargor ou desencanto. Há uma clareza suave, doce e cristalina de que o amor tudo transforma e tudo também pode se transmutar em nada. Há, sobretudo, uma perplexidade com a natureza estranha e indomável do amor, o amor que idealizado pode criar o olhar inocente que um dia acaba, o olhar inocente de que o amor deixará sempre um laço, um vínculo, um algo qualquer. Mas a verdade é que às vezes o amor não deixa nada. E o nada não é um vazio, não é um vácuo, não é uma perda. É apenas o oposto de tudo.

Também não quero parecer inclemente ou contraditório. Não. Tudo que passa, tudo que nos passa e por tudo que passamos sempre deixará uma marca, muitas marcas. Seremos o resultado de tudo o que vivemos e amaremos com a forma de todos os amores que nos fizeram como amantes. Então, o nada não é absoluto. O que me espanta é que, como Hiroshima, todas as fundações longamente erigidas podem virar pó diante do cogumelo da devastação. O homem frágil um dia acreditou que o amor fosse à prova de ataques nucleares. Os amores podem ser fortes, intensos, devastadores, transformadores, mas não, não resistem a tudo. E como tudo no universo podem se tornar antimatéria.

O nada faz parte do tudo. E talvez um amor que alcance esse estágio seja o mais completo, por que não? Se for assim, o amor para ser vivido terá de ser sempre uma adorável incompletude. Teremos de vivê-lo todo, mas não ao ponto de tudo, porque o tudo alcançará as dobras da finitude e o território do nada. Chegará ao estágio do aniquilamento. Então, o ideal do amor não é consumá-lo. É navegar no espaço sideral com a sensação de que jamais chegaremos ao fim. Será uma jornada em que viajaremos anos-luz desde o ponto de partida e apreciaremos cada etapa sabendo que a qualquer momento o nada também faz parte do tudo. Assim, a consciência da finitude substituirá a inocência do amor eterno e nos fará amar melhor, porque saberemos que o tudo que vivemos é um instante. E o nada será para a eternidade.

Estranho o amor: para vivê-lo todo, não pode ser vivido tudo.

Os amores podem ser fortes, mas não resistem a tudo

Um idioma indecifrável

Eu me pergunto: por que ando falando menos de amor?

Tenho falado menos de amor. Falta-me tempo. Porque o amor é pra se viver. O amor escrito é um avatar do amor. É amor, mas um amor imaginário, um amor de teclas, de métricas, de retóricas, de frases de efeito. Mas o amor vivido apenas é. É a sensação indescritível, é a conexão inexplicável, é a conjunção intraduzível. E, por tudo isso, não pode ser dito ou escrito, porque não cabe em letras e sílabas.

Não, nem imagine que ando mudo. Só não ando falando do amor. Porque o idioma do amor somente cada amante pode compreender do outro. E eles falam sua própria língua, em que não há intérpretes possíveis, pois cada amor é uma língua diferente, e o mundo do amor uma infinita torre de babel onde cada um só entende o seu próprio amor e não o do outro. Então, por que falar de amor se esse é um idioma indecifrável?

Falar de amor é como o risco do prisioneiro nas paredes de uma masmorra. É mais um impulso do que uma forma de comunicar. É para deixar marcado em algum lugar para os que chegarem depois que alguém já passou por ali. E deixou um sulco gravado e que só quem o fez pode entender, mas quem chegar perceberá em algum momento da estada a pulsão que moveu aquele gesto. E talvez, talvez, também deixará sua marca incompreensível na parede. E outros virão. E outros. E muitos outros.

E tudo o que se escreveu sobre o amor é como as paredes desse cárcere, coalhadas de arranhões na superfície e feitas a esmo. E todos que chegarem ali saberão que outros ali um dia também já estiveram.

Não, não, o amor não aprisiona. Mas falar sobre ele é como o ato de quem está em confinamento e tenta preencher o tempo num impulso de materializar as tormentas que sacodem o que, de fora, parece ser a mais absoluta calmaria. Falar sobre o amor é um ato de transmitir à eternidade que alguém já habitou aquela mesma cela e sentiu a necessidade primitiva de deixar sua marca por saber que outros um dia virão, que o amor é inevitável. E tudo que se escreveu sobre o amor não serve de nada para amar, mas nos avisa que sempre existiram amantes antes de nós.

É por isso que tenho escrito pouco sobre ele, porque ele demanda todo o meu tempo. O amor exige ser vivido, e quando se vive, os jogadores estão dentro de campo. A partida está sendo disputada. Todos os resultados são possíveis. Quem fala sobre o amor são os locutores que fazem a transmissão. Jogadores não são comentaristas. Eles vivem o espetáculo. E quem fala sobre eles é porque está numa cabine, distante, e não no gramado. É por isso que ando sem falar sobre o amor. Estou na cara do gol.

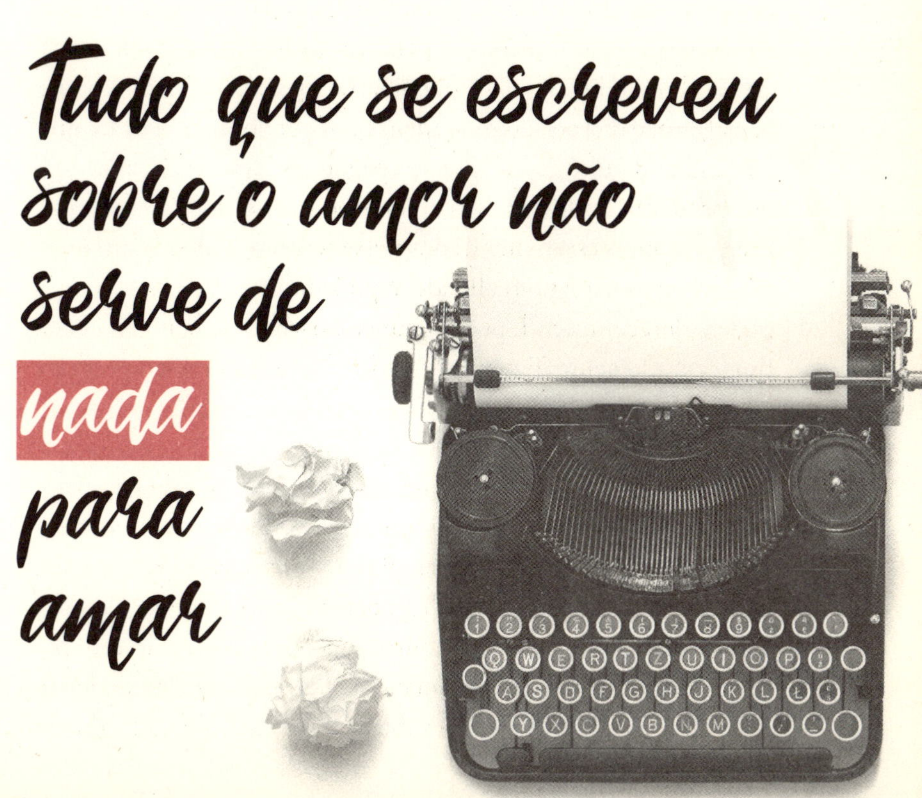

Além da realidade

No deserto dos amores reais, não existe os amantes de miragens?

Agora que os amores digitais são mais do que nunca impulsos instantâneos e em banda larga, como estabelecer uma conexão? O homem frágil vê os amantes como aparelhos tão versáteis, tão capazes de se conectar e desconectar como se o amor fosse um wi-fi infinito e os amores, senhas que se alternam de acordo com os ambientes. Então, qual a diferença de uma rede para outra? Se tudo se transformou em *softwares* que utilizamos, onde poderá existir a individualidade, o especial, o único, o pessoal e intransferível?

Já houve um tempo em que o amor era artesanal. Vivia-se a ilusão de que se era único para alguém, que era único para o outro. Até que esse torpor foi quebrado pela realidade e acordamos para a crueza da verdade, verdade que liberta, mas, às vezes, dói: tudo é passageiro, e eterno seremos apenas nós em nós mesmos, até que a centelha da última sinapse se apague. Os amores idealizados, que pena, são lindos. Mas os amores podem ser idealizados, mas precisam antes estar encravados nesse terreno árido e muitas vezes inóspito chamado realidade. E podem surgir e desaparecer. E podem desacontecer. E podem nunca existir. E podem se suceder fragmentadamente. E nem por isso serão menos amores. Não há régua para amar. Há amor.

Amar, então, pode ter se transformado numa grande travessia. Não por mares revoltos, mas por areias escaldantes. Talvez o amor sem ilusões dos amantes digitais não seja o cruzeiro romântico do passado, mas o rali emocionante no deserto. Deserto que não é um vazio. É apenas outra superfície. Sim, o deserto revela toda a vastidão do não amar, da vida sem amor ou do amar e da vida com o amor de combustões fulminantes, nas dunas que percorremos sem rumo para chegar a lugar nenhum, como beduínos que aprendemos a percorrer a aridez inclemente de tudo em volta e aceitamos que é mesmo assim, que a vida é um deserto, que carregamos corações desérticos dentro de nós e cruzamos com outros e isso, simplesmente, faz parte da paisagem e que assim é a natureza.

E nisso tudo, no deserto que o amor sem ilusões criou, surge, às vezes, a ânsia de amar amores que podem ser apenas miragens. O viajante, exaurido e sedento, cria um amor que não sente num amor que não existe. E se apaixona pela miragem. E nela se nutre no oásis de águas abundantes e refrescantes, de tâmaras, de acolhimento e comodidade. Curiosos os caminhos do amor. Os viajantes acordaram do amor sonhado e foram viver o amor a pino da realidade. E alguns, hoje, desacordados sob a exposição torturante da luz solar da realidade, desmaiam na travessia e nos sonhos querem amar um amor que não existe. Será que um dia será possível amarmos estando acordados? Que bom seria um amor que fosse mais do que uma miragem!

Amores digitais são mais do que nunca impulsos instantâneos

Corrente perpétua

O amor é o burburinho das almas, entre todos os amores

Todo amor traz sua marca, suas marcas, sua antologia de amores do passado. Não há amores que já não tenham sido percorridos e, ao nos embrenharmos por algum caminho, passamos a ser peregrinos de sua legião. Todo amor é igual, só que não. Igual por ser amor, diferente porque cada amor vivido transforma o amante e o novo amar se descobre no novo amor adiante. Todo amor é um diálogo invisível com todos os amores que nos amaram e que amaram a quem amamos.

Sim, porque em cada nuance, imperceptível, há o sotaque distante de um amor que nos moldou ou moldou o amor que nos molda naquele instante. Em cada trejeito há uma destreza aprendida em outro amor que hoje nos acaricia. Em cada volúpia há a maestria ensaiada em algum momento para estrear em nossos braços e nos emocionar.

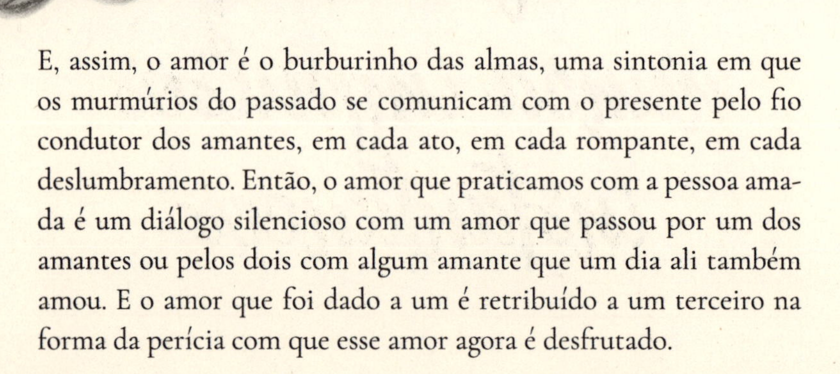

E, assim, o amor é o burburinho das almas, uma sintonia em que os murmúrios do passado se comunicam com o presente pelo fio condutor dos amantes, em cada ato, em cada rompante, em cada deslumbramento. Então, o amor que praticamos com a pessoa amada é um diálogo silencioso com um amor que passou por um dos amantes ou pelos dois com algum amante que um dia ali também amou. E o amor que foi dado a um é retribuído a um terceiro na forma da perícia com que esse amor agora é desfrutado.

Somos amados por outros por meio dos amores que passaram por nós

O amor, visto assim, é uma corrente perpétua em que amamos involuntariamente os amores que passaram pelo amor que estamos passando. E é como se estivéssemos amando aqueles amores por meio do amor de agora. Somos, assim, amados por outros por meio dos amores que passaram por nós. Amamos amores que desconhecemos quando amamos o amor que está em nós.

Tudo isso porque o amor nunca tem fim. Só tem começo. E quando acontece reverbera nas almas enquanto forem capazes de amar. O amor só morre quando não consegue mais acontecer. Daí, os amantes deixam de ser fios condutores de tudo que sentiram e não estão mais aptos a transmitir suas sensações, pulsões acumuladas e condicionamentos forjados em outras safras de amor. O amor é o encontro entre dois seres e, nesse encontro, é acessar os rumores surdos que emanam dos amores que em algum momento fizeram bater os corações que pulsam no amor que se está amando. Todo amor é único, mas é também a comunhão de todos os amores daqueles que um dia amaram.

Que tipo de amor trocamos?

O amor Eros, aquele físico em que carne e desejo se travestem do sentimento maior?

O amor Philos, o calmo, emocional, o amor companheiro, do acolhimento, da fraternidade?

Ou o amor Ágape, o amor de Deus, de difícil acesso aos humanos, mas que em sua essência faz jorrar, assim como fonte, independentemente de sentimento ou ressentimento? Os três são divinos! E quem é o homem frágil para saber responder?

O que ele pressente é que o amor não é uma troca apenas entre dois seres, mas uma troca entre todas as trocas que aqueles seres já praticaram em todos os amores e, que no amor que está vivo, magicamente seres que jamais se viram se comunicam pelo canal misterioso do amor e transmitem impulsos adormecidos, gestos impregnados, modos de amar para aqueles que estão amando os que um dia foram influenciados por ex-amantes. Os amantes se amam e, por tabela, amam sem saber os amantes dos ex-amantes na paixão com que amam seu objeto de amor. E assim, como no quadro da Criação, é quase como se tocássemos no paraíso a mão, as mãos, de todos que tocaram o amor que agora nos toca.

Que tipo de amor trocamos?

Coisa mais triste

Intimidades são moldes que o amor formata antes de partir

Amor, e quando você se for? Como ficará a coreografia perfeita dos lençóis desacordados de todas as madrugadas? Como se preencherão as horas hoje tão congestionadas? Qual será a agenda da rotina? Como não falar dos nomes, dos lugares tão familiares, da retórica que todo amor promove? Como cadenciar os corpos sem os seus galopes? Como confortar as almas até compreenderem que mais um amor partiu?

O homem frágil é de um tempo em que o amor não implicava intimidades. O amor podia ser platônico, mera vaidade, compromisso sério, mas intimidade jamais. Intimidades tinham os corpos, algumas. As almas nunca, nenhuma, poucas talvez. E não é que o amor também pode ser íntimo, cúmplice, parceiro e, por mais estúpido que seja, não é incrível que muitos descubram tarde que é possível amar assim? Mas eis um amor perigoso, pois quando vai deixa a devastação do vazio como rastro.

Porque intimidades são moldes que desenham gestos, atos, reflexos. E quando elas se vão, com o amor que parte, é como se os amantes perdessem de súbito a forma. Amores quando partem levam a intimidade e deixam seres disformes. Como se tornar novamente alguém? Quem? O que se era antes do amor deixou de ser justamente porque se transformou por seu feitiço. O que se tornou depois dele perdeu os traços que somente as intimidades que partiram eram capazes de delinear. E agora: quem é este que ficou?

O pós-amor é tão parecido com o não eu e, por ironia, com o eu mesmo. Porque é quando os moldes das intimidades nos são retirados pelas mãos do destino que nos descobrimos sem os traços com que costumávamos nos reconhecer em nós e no outro, mas ao mesmo tempo é quando voltamos a enxergar o que sempre fomos: a nossa própria natureza. Então, o amor é um exercício de nos revelar novas facetas nossas quando irrompe em nossas veias, e de nos revelar de novo, em nossa essência, quando deixa de pulsar.

Intimidades, meninos e meninas, são muito perigosas. Elas são o cinzel que talha os amantes e deixam sulcos que o tempo nunca irá apagar. E quando o amor se vai as marcas ficam e passam a ser parte da obra inacabada que seremos até o fim nos alcançar. Quando as intimidades de um amor se vão com ele, a angústia de estar disforme permanece até uma nova intimidade aparecer, se aparecer. Enquanto isso, nos sentimos sem forma definida, parecemos buscar alguma, mas essa massa sem forma somos nós. Nós temos todas as formas e não temos nenhuma. É isso que o amor nos ensina quando parte, é isso que o amor nos ensina quando não o temos, é isso que o amor nos ensina quando chega: não somos de uma forma só.

O homem frágil é do tempo em que o amor não implicava **intimidades**

Quase envergonhado

O amor se vai subitamente e deixa a pergunta: pra onde foi?

Cadê você, amor? Pra onde foi? Sua presença não era tão onipotente e não estava em tudo, tão onipresente, onde quer que eu estivesse você não estava? E onde está você? Foi você que saiu de mim ou eu que saí de você? Terá sido um mútuo abandono? Como assim? Como pode ter sido tão fugaz? Não parecia que íamos construir castelos? Atravessar oceanos? Escalar os pontos mais altos do planeta? E de repente o amor se vai assim, ele evapora, liquefaz, torna-se vento?

Os amores vêm tão crepitantes e ruidosos e vão tão discretamente, quase envergonhados. Entram arrombando os portões e saem como penetras, pela porta dos fundos. Entram como estrondos, saem como sussurros, quando não em silêncio. Sepulcrais. Chegam de cabeça erguida. Saem cabisbaixos, absortos, olhando o nada, com a cara pro chão.

Quem é então esse sentimento que chega? É o mesmo que sai? É amor aquele que se despede? É amor aquele que se apresenta? Ou o que se inicia não é amor, é euforia, arrebatamento, paixão, vaidade, egoísmo? Ou o que sai é saciedade, frustração, compreensão plena, desejo do desconhecido? Então, será o amor o que se sente no meio? Tecnicamente então o amor é algo entre a euforia e a saciedade, entre o arrebatamento e a frustração, entre a paixão e a compreensão plena, entre a vaidade e o desejo do desconhecido?

Então, o amor é o recheio de um sanduíche, de pulsões contraditórias, que formam o começo e o fim? Mas não poderá haver o amor duradouro, o amor que ultrapasse o tempo, que vença os dias? Como será esse amor, se agora o amor se vai e só temos os intervalos – o início, o fim – para mensurar o vivido e o a se viver? Como um amor pode surgir e como pode desaparecer? Será pela mesma força ou será que ele brota na pujança e fenece na fadiga?

O amor se foi. Foi bom enquanto durou. Enquanto dois corpos foram só um. Enquanto um sonho foram os dois. Enquanto tudo foi o amor e o amor, o amor, cada um. Foi. Foi assim que foi, assim que se foi. O amor se vai sutilmente, subitamente. E deixa a pergunta: cadê você? Pra onde foi?

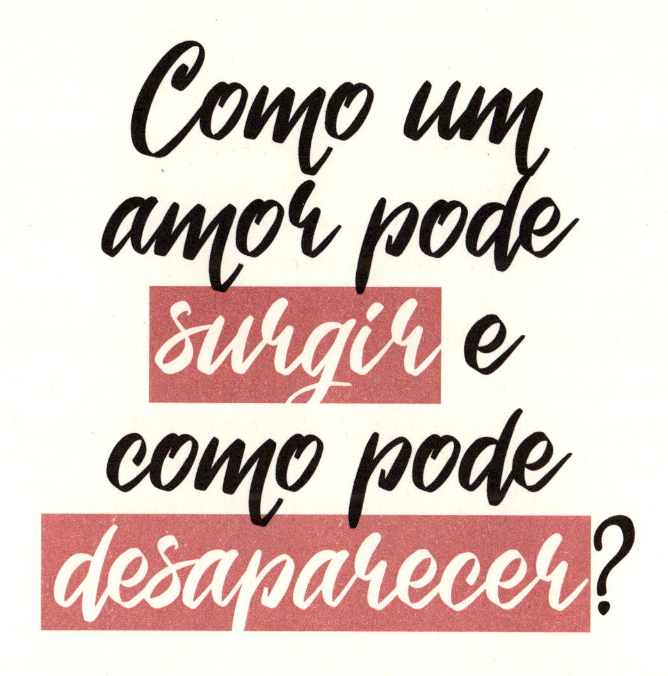

Ando tão distante

Narciso é quem não se vê para não enxergar o próprio defeito

Aonde eu vim parar? Tão distante... Tudo parece tão longe e, perto de mim, somente a distância, essa distância que está dentro de mim, em que eu me perco de tudo, que me faz não ver nada, não ouvir nada, não pensar em nada. Nada sentir. Ando tão distante, que me olho de longe e não me reconheço, não sei quem sou, me acho um estranho completo. E por isso mesmo, assustado comigo, me distancio ainda mais de mim. A tal ponto que, se cruzar com esse eu, talvez não me reconheça. Talvez até me cumprimente e diga "olá, como vai?". Mas me entendo o suficiente para saber que serei tosco e farei de conta que não me ouvi. Não me darei bola. Sujeito mal-educado esse! E assim sairei correndo de perto de mim.

Difícil na vida não é ouvir o que vem de fora. É ouvir o que vem de dentro. É conversar consigo mesmo e achar o papo agradável. E marcar um encontro para o dia seguinte. E levar você para passear consigo próprio. Gostar desse estranho que lhe habita, gostar mesmo, a ponto de sentir saudade e querer ter notícias – eis aí o primeiro e mais difícil dos amores, a primeira e mais complexa das parcerias. Quem não consegue se ouvir não consegue ouvir ninguém. Quem não consegue ser cúmplice de si, vai conseguir ser de outro alguém?

Você viu o homem frágil por aí? Ele está se procurando, mas foge de si para não se encontrar. Que segredos quer tanto esconder dele mesmo? Não sei... ele nunca me contou. Só me lembro de vê-lo andando ao longe, se evitando, deve ter algo muito sério que não quer ou não pode revelar. Ou talvez nem saiba e não tenha coragem de dizer a si mesmo: não sei! E em vez de confessar logo, prefere fazer todo esse mistério para chamar atenção de seu eu, para que nunca se abandone e continue sempre se buscando, mesmo que saiba que no fim não haverá nada para contar.

Então, talvez essa distância seja seu jogo de sedução. Nunca se entregar para sempre se manter interessado. Os jogos do amor não são, às vezes, traiçoeiros? Não há quem adore um amor não correspondido? Mas que amor estranho é esse que existe na inexistência e persiste apesar de toda rejeição? O amor-próprio pode existir em não se amar, em se ignorar, em se desconhecer? Talvez. Por que não? Se o amor é cego, por que não colocarmos uma venda nos olhos para encararmos a nós? Não é de todo ruim. Talvez o maior Narciso seja aquele que se ame tanto, que nem queira se ver para não vislumbrar os seus desdouros. E fuja de si para nunca se olhar no espelho e manter sempre a ilusão de poder ser tudo o que quiser.

Eu sou o homem que foge de mim e que procura uma pista no fugitivo que escapa desde sempre e cujos traços só conheço por retrato falado. De terceiros que cruzaram comigo e me disseram quem fui. As versões são todas conflitantes. Devo ser incoerente ou ter mil faces ou quem sabe mudei incontáveis vezes na vida. Sei lá. E quem vai saber se os olhares alheios é que não são distorcidos e me descrevam como jamais fui nem serei? Essa é a grande angústia de não se saber quem se é: não posso me defender, nem contestar, nem confirmar seja o que for. Tudo pode ser.

Sim, tudo pode nessa vida. E neste exato momento estou em minha lista de procurados. Mas me boicoto: a imagem no cartaz não é a minha. É de outro. Então, se me encontrarem não serei eu. E o coitado negará peremptoriamente. Mas todas as provas serão contra ele. Que grande armação! E eu assistirei seu testemunho ser encarado com toda a suspeição. Mas saberei, somente eu, que ele fala a verdade. Mas haverá uma parte que me deixará intrigado. Será quando disser: eu não sei de quem se trata! Eu não o conheço! Estranho... eu diria a mesma coisa. Será que me encontraram?

Maior que o tempo

Todo amor será para sempre porque, um dia, já foi um amor

Todo amor é "para sempre" mesmo que "para sempre" não seja. Mas quando é amor sempre, sempre, será sempre para sempre. Para sempre serão as emoções vividas, mesmo que soterradas no esquecimento, mas tatuadas invisivelmente com letras de fogo na pele da alma. Para sempre serão as felicidades alcançadas. Para sempre são os amores, que serão sempre amores, mesmo quando não mais existirem, mesmo quando já tiverem deixado de ser. Mas amores serão para sempre, simplesmente, porque um dia, um dia que seja, foram amores.

Todo amor flerta com um "para sempre". Mas a eternidade de um amor não está nos calendários. A eternidade do amor está no próprio amor, está em alcançá-lo. O que mede o amor não é o tempo. O amor tem sua própria medida, e a régua do amor não é feita de segundos, minutos ou horas. É feita de sentimento, e o sentimento pulsa como o relógio, mas ignora ponteiros.

Sim, eu sei, a vida é o tempo e o amor é a vida. E à medida que passam as coisas, mais definitivas vão ficando as escolhas, mais definitivos vão ficando os amores. Porque amores são de um jardim de flores esparsas, que brotam no acidente e florescem no acaso. Todo amor quer ser para sempre, porque amar é tão bom que o amor quer seguir o tempo para perpetuar-se, porque o tempo, o tempo, só anda para frente.

Mas a verdade é que o amor é maior do que o tempo. O tempo, que é a vida, é um só, e nós podemos desperdiçar horas e dias e anos, mas no tempo do amor cada segundo fica para a eternidade, nada se desperdiça, tudo se transforma, a começar pelos amantes. Por isso é que todo amor é para sempre: porque nunca mais somos os mesmos depois dele. Todo amor se vive uma única vez, e o hoje está diretamente conectado com o amanhã e com o ontem. Então, pouco importa a duração do amor. A vida é o tempo. Mas o amor é maior.

Maior que todos os calendários. Maior que todas as circunstâncias. Maior do que todos nós. Maior do que nossos medos. Maior do que nossos erros. Maior do que nossas medidas. Maior que o nosso esquecimento. Porque cada amor nos molda e nos faz ser o que seremos. E, assim, cada amor será para sempre. Enquanto existir quem um dia amou.

Amores são de um jardim de flores esparsas, que brotam no acidente

Grito de euforia

O amor e a vida têm um tempo certo para ser e deixar de ser

De tudo que aprendi do amor, o que sei é que sei pouco. E, do pouco que sei, entendi apenas que o amor é a vibração que mais pulsa como a vida. Sim, a vida como um todo, imprevisível, inexorável, insondável e arrebatadora. Por isso o homem frágil não entende amores ciumentos. Ciúmes de quê? O inevitável é tão... tão... inevitável. Não é assim na vida? Não sentimos algumas vezes que é como se algo estivesse escrito?

E o que parecia ruim mostra-se depois como uma adorável bênção, e o que se mostrava doce trava nossa garganta com seu gosto amargo. A vida e o amor não adquirem sabores diferentes à medida que o tempo passa?

Então, como amar por meio do ciúme se o que for para ser, será? Assim como os amores que aconteceram. Eles simplesmente irrompem, estraçalham, dinamitam. Não batem na porta, não pedem licença, não seguem protocolos. Eles acontecem porque amores que tinham de acontecer simplesmente cumprem sua profecia acontecendo. E o mesmo não ocorre com os ex-amores? Eles não desacontecem quando chega o tempo de desacontecer? Daí, temer o quê? Não, os amores que passam e os que chegam devem ser glorificados. Porque são líquidos que nascem naquela fonte límpida e preciosa chamada destino.

Ah, como os amores que se foram retiraram grilhões e libertaram minha alma! E eu sou grato. Não tenho mágoa dos amores que, me mandando partir, abriram a gaiola e me fizeram voar. Pois o amor é essa substância que se transforma, e a dor de um dia é a plenitude que surge quando compreendemos a dança dos astros e que o destino pode doer no primeiro passo, mas isso não é nada diante da caminhada.

E eis que sentimos uma sensação incontrolável, quase um grito de euforia, quando entendemos que o que era para ser apenas foi e nos fez melhor. Naquilo que se foi, naquilo que chegar. Por isso, amores são vidas que encarnam em dois corpos ao mesmo tempo e, como a vida, às vezes a morte chega e o amor se vai, assim como a alma, e ficam os corpos. A vantagem do amor é que podemos nascer e renascer, sem dúvida. Mas ninguém define o tamanho da vida. Ninguém define o tamanho do amor.

Sendo assim, não há razões para sufocar, para tolher, para aprisionar. Porque o destino é indomável, e quando tiver de avançar ele o fará. Ele invadirá o mais inexpugnável cativeiro, ele circundará o mais extenso obstáculo, ele ultrapassará a mais intransponível barreira. E nada, nada poderá detê-lo. Pois o destino é o vetor dos amores, é o que os aproxima ou os afasta, é o que os afasta de uns para aproximá-los de outros. E nisso tudo nunca há perdas. Porque, toda vez que se vive o destino, a sensação é de comunhão absoluta com a vida. E nada pode trazer mais harmonia, mais intensa felicidade, de mais perfeita conjunção. Os amores e as vidas têm um tempo certo e, quando vão, é porque há mais vida e amor para acontecer.

Não tenho mágoa dos amores que abriram a gaiola e me fizeram voar

Cegueira deliberada

O que nos faz ouvir alguém, ouvir de verdade, ouvir com a alma?

Ela sempre tocava aquela música. Faz tanto tempo. Que letra linda! E ela sempre fazia questão de tocar. Certamente para me transmitir seus sentimentos. A letra dizia tudo e ela falava comigo todas as vezes e todas as vezes a música tocava. Já faz tanto tempo. Lembro-me agora do lindo ritual cuidadosamente elaborado, mas o que me assusta vem de dentro de mim e não de fora, não da mesma música que ouço nesse mesmo momento.

Só hoje, passadas décadas, é que me dei conta que a música era pra mim. Só hoje percebo que havia um ritual em tudo aquilo. Só hoje percebo que ela conversava comigo e me dizia o que só agora ouço na canção. Só hoje ouço que havia um diálogo ali, mas com um surdo, eu. E quanto tempo se passou para que me desse conta de minha dislexia afetiva? E quantas vezes ela deve ter imaginado que eu entendia suas palavras, e deve ter enxergado em gestos meus as respostas que eram apenas espasmos? E quantas vezes ela deve ter esperado ouvir que eu a ouvia, ou deve ter subentendido que era tamanha a minha discrição que nem sequer mencionava o assunto?

Surdo, apenas isso eu era. E quantos não são ou não foram surdos para nós? E quantos ainda não serão? E para quantos não fomos ou ainda não seremos? O que nos faz ouvir alguém, ouvir verdadeiramente, ouvir com a alma, ouvir com o coração? E o que faz nossos tímpanos se fecharem completamente, mesmo que nossas bocas se abram, mesmo que nossos corpos se enlacem? Como e por que é mais fácil ouvir frêmitos do que ouvir alguém? E ser ouvido? Pois eu só fui ouvir décadas depois o que ela insistentemente me dizia. O que fazer agora que esse som atravessou essa distância de décadas se propagando no vácuo até chegar à minha percepção?

Como meu corpo estava perto dela, mas como minha alma estava em outro sistema solar...

Aquele som viajou tanto até chegar a mim, ou eu é que estava surdo e agora sou capaz de escutar até mesmo vibrações da minha pré-história? O homem frágil lamenta não ter ouvido tanta coisa. Lamenta não ter visto. Lamenta não apenas o que não viu ou não ouviu, porque não estavam visíveis ou audíveis. Lamenta, sobretudo, pelo que estava diante dele e era silêncio e incolor.

Às vezes amores passam por nossas vidas e gritam sem serem ouvidos. Às vezes somos nós que passamos e apenas urros é o que querem de nós. Onde quer que você esteja, saiba que finalmente eu escutei a sua voz. Pena que isso não vale mais nada. Mas quanta coisa bonita você me falou. Quantas vezes você tentou me chamar para perto, quantas vezes expressou tudo que havia aí dentro do seu coração. Não sei se ficou frustrada com minha reação. Mas saiba que não era desprezo. Era burrice mesmo. Eu não sabia ouvir o que o amor me dizia. Hoje, estou aprendendo. Mas no seu caso é tarde. Espero que, durante o caminho, tenha encontrado um ouvinte bem melhor do que eu. Pois suas palavras são lindas e ele deve adorar quando você diz.

Às vezes amores passam por nossas vidas e gritam sem serem ouvidos

Mar aberto

O amor é içar velas, levantar âncora e saber navegar

Então, você me transborda, hein? Mas não há afogamento. Você me agita, mas sem águas turvas. Nós é que navegamos no amor ou é ele que nos navega? Há tarimba, há rotas que podemos escolher ou prescindir, podemos nos tornar nossos próprios comandantes ou no amor estaremos sempre à deriva? Porque na vida, do pouco que sei, a única certeza é de que podemos navegar o navio, mas ninguém controla o mar. Podemos ter a mão firme no timão de nossas vidas, mas o destino são as correntes oceânicas que engolem e estraçalham qualquer embarcação.

Mas e no amor? Estaremos assim tão indefesos? O amor é tudo, mas a vida é mais. A vida é mais difícil, mais cruel, mais implacável, mais arisca e imprevisível que qualquer amor. Então, a vida não tem margem de manobra. Às vezes, é uma questão de margem de erro, quando não na maioria dos casos de mero, mero acaso. Já não é só assim o amor.

A vida se vive uma só vez. É uma flecha que atravessa os anos, inexorável. Não é essa a natureza do amor. O amor tem muitas vidas. Encarna e desencarna. Floresce e fenece. Nasce e morre. E porque o enterramos e festejamos o seu parto tantas vezes, amar é mais fácil que viver. Porque sabemos o que vem depois da morte do amor. E na vida, não.

Então, o amor me transborda, mas não me afoga. Ele me agita sem turbilhões. Porque há diversas formas de amar, diversas rotas. E o amor pode ser sim navegado costeando as tempestades. Se há uma grande dádiva dos naufrágios, se há uma grande bênção das borrascas, é indicarem as rotas por onde não seguir. E o amor haverá de ser sempre uma centelha, mas depois de incêndios, depois de combustões, depois de labaredas, deixará cicatrizes, mas também aprendizados.

E o melhor amor é o que estufa as velas e desliza pelas águas, mas não aderna totalmente para um bordo. O melhor amor não é aquele que ancora nos portos e não tem coragem de se lançar no mar aberto. O melhor amor é o que navega com a carta náutica de todas as viagens realizadas, com todos os acidentes na memória, com todas as fatalidades em mente das antigas travessias. Mas ele iça as velas, recolhe a âncora e desenha sua rota. Para transbordar sem afogamentos e se agitar sem turbilhões.

O amor transborda, mas não afoga; ele agita sem turbilhões

Dislexia afetiva

Que fascinante é traduzir amores após aprender a ler!

Finalmente vejo o que não vi. E percebo o que não havia notado. E me toco de tudo o que passou longe de meus sentidos. E agora? E agora que sei o que não sabia? E agora que me dei conta de um vazio que sempre existiu, mas que estava camuflado por minha dislexia afetiva? Agora que saltei de meu analfabetismo, o que fazer com as novas, recém-adquiridas, surpreendentes, mágicas habilidades de leituras humanas? Devorar bibliotecas inteiras como fazem os jovens nos primeiros contatos com a literatura, ou concentrar o foco nos clássicos? Ler de tudo, do banal ao profundo, para entender o meu tempo e todos os tempos, ou me conter na disciplina e no ascetismo do essencial?

O homem frágil é um recém-alfabetizado. Desenha garatujas e já possui uma parca grafia, embora infantil e de pouca destreza. Mas ele tem faísca nos olhos. Porque finalmente consegue entender o que está escrito nas placas, nos logradouros, nos cartazes. Por mais que nunca tenha ido lá, por mais que nunca tenha experimentado ou sabido do que tratam aqueles produtos. Mas pelo menos agora ele sabe que existe algo além do ouvir dizer. Existe um código que é compartilhado por todos, sempre foi, e apenas ele não sabia. E por mais que não o domine, agora ao menos sabe de sua existência.

Amar é um processo pedagógico. E os parceiros que a vida nos proporciona nos oferecem, cada um a seu modo, uma didática de como acessar o amor. Pois o homem frágil é um ser que circunstancialmente nasceu homem, mas poderia ter qualquer orientação e suas perplexidades poderiam ser compartilhadas por qualquer uma delas.

É como se esse ser tivesse ficado num lugar longínquo e, durante esse longo tempo, tivesse havido tantas e tantas reformas no vernáculo e na gramática que ele já não fosse capaz de entender e de se fazer entender em sua própria língua, na linguagem do amor.

E de monoglota tivesse recuado para a condição de não glota. E estivesse agora aprendendo de novo todo o alfabeto, e decorando todas as novas consoantes e aprendendo a pronunciar os estranhos sons das novas vogais.

E à medida que vai articulando as sílabas dessa nova e eterna linguagem, ele se sente capaz de novo de realizar o milagre da interação, da compreensão. E ler o nome de um simples logradouro, o que para motoristas experimentados nem sequer parece algo perceptível, para ele tem o sabor de uma proeza, o grande assunto do dia.

E assim segue o homem frágil, ávido por compreender idiomas que nunca imaginou dominar. Nada mais fascinante que traduzir amores que jamais se imaginou entender.

O homem frágil é um recém-alfabetizado, mas ele tem **faísca nos olhos**

Começar outra vez

A chave do amor tem um segredo: viver o hoje e o agora

O amor anda me assombrando. Pressinto velhos fantasmas rondando o porão escuro, onde teias se espalham por todos os cantos, de onde vem um silêncio petrificante. Como abrir a porta e exorcizar o espaço, se é tão mais sossegado deixá-lo lá, fazer de conta que não existe e transitar por todos os outros cômodos? Ah, como é difícil habitar-se a si mesmo, completamente, ocupar todo o próprio território, andar livre e sem medo dentro de si próprio!

Quantos de nós podemos dizer que nos habitamos por inteiro? Que não desperdiçamos nossos próprios espaços, que não abandonamos áreas inteiras por medo de assombrações? Pois é tão mais fácil trancar recintos do que revisitá-los. É tão mais fácil passar o cadeado dos tabus e isolar para viver na faixa estreita do conforto. O medo nos poupa dos sustos, e porque tememos muito, vamos nos confinando sem perceber à medida em que o tempo passa.

Mas fico a imaginar como seria ter a chave da coragem e ir com ela abrindo, um a um, cada desvão enclausurado. Libertaríamos almas penadas que nem lembrávamos existir. Descobriríamos que nossos medos nos apequenam, que temos área de sobra dentro de nós para nos ocuparmos com nós mesmos. Que somos não apenas uma construção inacabada, mas, na maioria das vezes, embargada por nossos temores, que nos fazem viver a claustrofobia dos sentimentos, em que não sentimos tudo que podemos sentir não porque nos falte extensão, mas porque sobram zonas fechadas dentro de nós, por nosso próprio desígnio.

Eu queria tanto demolir essa construção e começar tudo de novo. Começar tudo do chão. Empunhar a marreta e produzir cicatrizes em todas as paredes até o colapso. E, depois, retirar todo o entulho e transformar tudo num terreno aplainado. Mas vidas são obras que só aceitam reformas. Casas abandonadas, muitas vezes que aceitam, no máximo, restaurações. E que trabalho restaurá-las...

E só há uma matéria-prima na vida capaz de remover seus entulhos ou arrumá-la, de recuperar a luz de seus salões mais deslumbrantes ou transformar seus vãos mais lúgubres: sim, o tempo. O tempo que passa e se acumula e que liberta ou aprisiona. Mas o mesmo tempo que pode ser também vivido de inúmeras formas enquanto se vive.

O homem frágil observa um mundo que experimenta os amores em tempo real e se pergunta até que ponto são amores, até que ponto são pulsões ou até que ponto a forma de amar mudou para novos amantes, em que o agora é o amor, quando antes o amor era o somatório de um amor idealizado, do amor do ontem, do hoje e do amanhã. O amor era uma linha do tempo, mas pode ser agora vários pontos que formam uma linha. Onde estará a resposta?

O fato é que amores assombrados podem ser exorcizados com uma ferramenta poderosa: o amor do hoje. Pode sim. E o amor do hoje pode escancarar os sótãos dos fantasmas aprisionados do ontem. E vivendo o amor do hoje, sem amanhãs ou ontens, é possível passear por si próprio e pelo outro. Viver o agora. O tempo do amor é o já, é o instante, é o hoje. Só assim casas enclausuradas são invadidas pela mais calorosa luz do dia, e tudo se ilumina, e todas as portas se abrem.

A chave do amor tem um segredo: viver o hoje e o agora. Difícil é encontrar essa chave, difícil é cruzar com esse chaveiro, difícil é girar a fechadura. Quem disse que é fácil o amor?

Medo à minha volta

A entrega é o exercício mais sublime do verdadeiro amor

Como se entrega o que sempre se conteve? O que sempre ficou trancafiado? Como arrombar todos os cadeados? Onde estão as chaves que jamais existiram e as senhas nunca decoradas? O amor surge primeiro que a entrega e, às vezes, passa antes que esta se consume. Mas como chamar de amor um amor assim, como chamá-lo de pleno, se algo não foi totalmente vivenciado? Porque a entrega é o exercício mais sublime de um verdadeiro amor. E amores sem entregas são amores, mas não são totais.

Será que um dia venceremos a última barreira que nos separa do significado pleno de amar? Ou amaremos sempre amores homeopáticos, amores defensivos, amores cautelosos, amores fugidios, amores que são avatares do verdadeiro amor? De onde virá esse medo de amar, de entregar-se? Afinal de contas, o nunca tentado não pode gerar tanto temor. Temor de quê, se não sabemos o quê? Será o medo do desconhecido que nos tolhe? Será que ao menos uma vez não valerá a pena rasgar o manual de amores já vividos e se lançar na margem de erro de tentar acertar? Como desligar os condicionamentos e simplesmente se deixar levar? Como?

Ah, eu vejo tanto medo à minha volta! Vejo medo na coragem dos amores fáceis e descartáveis. Vejo medo na eterna busca para não chegar a nada e ter no eterno desencontro o álibi perfeito para mascarar o pavor. Sim, o pavor, o pavor que pode arrebatar apenas aqueles que sentem a fragilidade inebriante de não se sentirem mais apenas em si mesmos, mas navegando pelas corredeiras barrentas ou serenas do encontro de águas do amor.

E que medo dá! Medo de afogamento, medo de monstros das profundezas, medo de sermos devorados. Medos que sentimos ou inventamos. E o primeiro impulso é nadar desesperadamente em direção à margem, e nadamos e nadamos até o coração parecer explodir. Alguns sobreviventes se salvam e pisam em terra firme. E se dão conta que uma calma estranha invade a noite. E acordam de madrugada ainda um tanto perturbados. E, mais uma vez, sentem o conforto de não estarem tão à deriva.

Mas o rio é o amor. Tão lindo, um espetáculo tão poderoso, que nos leva pelo seu curso e nos joga nas suas quedas e que nos conduz pelo seu traçado sinuoso e nos reserva santuários da mais transcendente contemplação. E eu me pergunto por que temos tanto medo? Olhar o amor passando pode ser uma linda lembrança, mas vivê-lo, vivê-lo, é mergulhar. De onde vem esse medo do rio, se olhamos para ele com tanto encantamento?

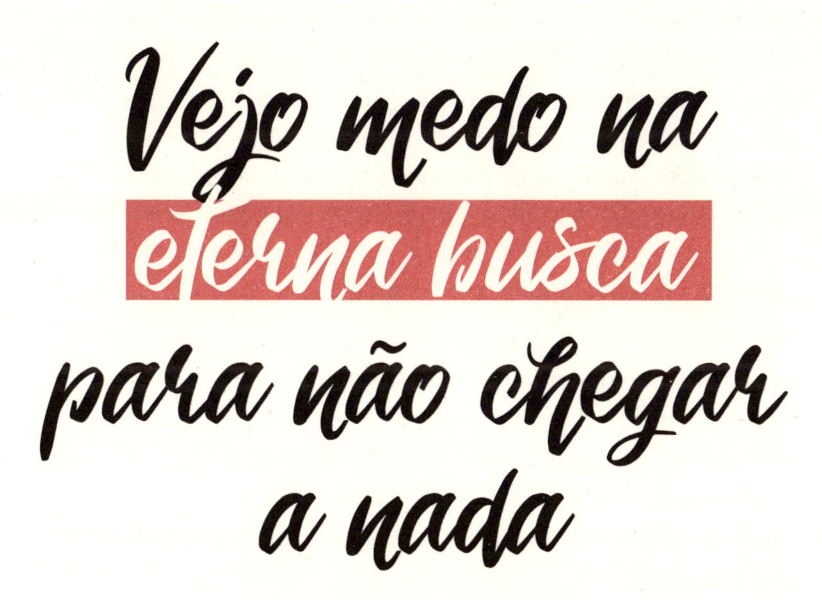

Saltar sobre o vazio

O amor me expulsou do picadeiro para ver o seu traço verdadeiro

Eu já soube tanto e tudo sobre o amor um dia. Era quando eu não sabia. Eu não sabia nada e nada eu percebia. O amor acontecia pra todo lado e, para mim, era como se fosse um personagem disfarçado. E o que eu via era um entreato e eu me achava o crítico mais arguto do teatro. O que não sabia é que eu era um palhaço. Eu me levava tão a sério mas não fazia nexo o que eu dizia. Se o amor fosse um circo, os amantes seriam os trapezistas. O amor não é viver nas teorias, mas as piruetas e suas estripulias.

E a vida me expulsou do picadeiro. E me lançou pro nada e tive de saltar sobre os vazios. Os meus. Nada mais assustador e traiçoeiro. Morri de medo, pulei sem redes. E mergulhei em descobertas e inquietações, em meus deslumbres e aflições. Aprendi que o amor era muito maior do que eu sabia. Aprendi que eu olhava um ponto, mas o amor é um infinito que eu desconhecia. E hoje tudo que sei sobre o amor é quase nada. E sei que esta é a melhor resposta. A outra é que estava errada.

O amor me ensina todos os dias. Com gestos de carinho e, muitas vezes, bordoadas. É que o amor se aprende em mão dupla: há lições que vêm do amor e outras, só da dor. E como venho doendo ultimamente! E aprendendo. Quando eu sabia tudo, eu não doía e nem sabia. Hoje eu sei mais e sofro mais porque enxergo o amor como ele é e não como eu convencionava. O amor não pode ser imposto. O amor só se aprende quando se aprende o que é o outro.

Amor, eu confesso que não tem sido fácil esse aprendizado. É que eu achei a vida inteira que tudo sempre teria de caber no meu quadrado. Mas o amor não cabe, não tem cabimento. E assim vou levando solapadas. É meu ensinamento. E a vida não poderia ter me reservado melhores tutores: implacáveis, por vezes cruéis, mas sempre, sempre, reveladores. E agora eu sei que o amor era tudo que eu sabia e era muito mais ainda: era tudo o que não via. E agora que eu vejo o amor por essa lente, eu me pergunto: como é amar esse amor tão diferente?

Porque agora eu sei o que antes eu escondia. Eu escondia de meus olhos em minha fantasia. Era quando eu amava um amor que idealizava. Um amor que era lindo e sem máculas. Mas o amor é uma construção humana. Com todos os seus sublimes voos, mas todas as suas compulsões insanas. E não se ama inventando um amor imaginário. O amor que é amor é celestial, mas é rasteiro. Porque são pessoas todos os que amam. O amor dói pelo mesmo motivo que encanta: é quando a gente entende que o outro não é um ideal, mas um ser que é verdadeiro.

Morri de medo, pulei sem redes e mergulhei em inquietações

Mesma cadência

Ah, esse ritmo chamado amor que imprime o toque da vida!

Há um metrônomo invisível que faz dois corações baterem em sincronia. O amor, antes de tudo, mais que tudo, sobretudo, é um ritmo. Um ritmo misterioso que faz duas almas plainarem na mesma cadência, que faz duas vidas caminharem no mesmo andamento, que faz dois corpos arderem no mesmo compasso. Ah, esse ritmo chamado amor, que imprime o toque de nossas vidas...

Hoje, sempre e cada vez mais os amores estão mais pulsantes, pois nunca foi possível se embalar tanto em tantas toadas, em tantos padrões rítmicos e em tantos estilos como agora, quando a liberdade é a dona da festa e a pista está liberada. O mundo virou um grande salão onde todas as baladas do amor são permitidas e onde todos podem ser exímios bailarinos das emoções.

O amor mais sublime é um balé da mais perfeita harmonia, leveza e simetria, em que os amantes deslizam no palco fazendo acrobacias com tal fluidez, que parece simples enquanto rodopiam um em torno do outro com as sapatilhas da paixão na ponta dos pés. Ah, como parece fácil essa conexão e essa interação absoluta! E como é surpreendente o quanto ela é ao mesmo tempo fugaz e desaparece de repente e se transforma em descompasso.

O homem frágil já viu as harmonias e desarmonias do amor e nunca conseguiu entender quando e por que ocorre o primeiro passo em falso. É quando o amor se torna dissonante e corpos e almas, que antes bailavam suavemente, de súbito não conseguem mais ser um par. E a dança de repente desanda. E o que transbordava desaparece. O ritmo, o ritmo, é a primeira perda dos amores que acabam, assim como é a primeira manifestação daqueles que surgem. Porque o amor é um ritmo até deixar de ser.

Os amantes
deslizam
no palco
fazendo
acrobacias

Bendito tombo!

O amor perfeito é obra de quem ama e não peça que se encontra

Meu amor, me perdoe. Me perdoe por ter sido eu quando isso era o máximo que conseguia ser. Quando ainda não havia deixado de ser eu o suficiente para entender o quanto estava errado em ser eu daquela forma, sobretudo com você. Nessa vida a gente se torna o que é antes de saber o que somos e só depois, bem depois, é que constatamos que fomos aquilo que talvez não devêssemos ter sido.

Mas então já é tarde demais, já é parte da história, já faz parte da vida. Eu fui eu porque não consegui ser outro. Porque não tinha ideia de que outro era possível. E só deixei de ser porque fui, e fui o bastante para aprender que não era o caso. Mas, para isso, tive de virar do avesso. Ou ser virado. E o eu que fui só deixou de ser porque se exauriu em si de tanto ser si mesmo. Falo para você, meu amor, mas não para alguém. Falo para o amor sem rosto, sem nome, falo para esse sentimento que um dia não soube lidar.

Não mudamos porque queremos. Mudamos porque o colapso nos transforma. E, assim, o erro é a semente da mudança. Porque ele nos impulsiona com toda força para que destrocemos a nossa cara na parede e, desfigurados, possamos costurar as sobras e criar uma nova face.

Na vida, isso não nos desfigura. Nos reconfigura. E passamos a ser finalmente nós mesmos, como viemos para aprender a ser. Assim, agora sei que eu não era o que nem sabia que poderia ser. Pois só iria aprender não sendo e tropeçando e me esborrachando vergonhosamente na calçada até me levantar e me tornar aquele que não existia antes de mim. Bendito tombo!

A grande verdade é que o amor não é só feito de desencontros entre os amantes. Há muitos desencontros das pessoas consigo mesmas, que fazem o amor fenecer. Encontrar um amor é mais fácil que encontrar a si próprio.

Mas, aí, já não somos nós. E os maiores amores que foram são esses túmulos do mais alvo mármore, lapidado a golpes de deslumbre ou de fúria pelo cinzel das emoções, que deixam marcas que apenas a erosão do tempo atenua, mas não desaparecem completamente. Quantas lápides enxergo hoje no campo santo das fraquezas do que fui e dos desacertos que esculpi quando eu não era, antes de ser o eu que me tornei.

O homem frágil carrega seu punhado de dores. O homem frágil enxerga o mundo à frente com o foco embaralhado, à procura de uma lente que ofereça nitidez. Mas, acima de tudo, o homem frágil anseia mais que tudo aprender a arte de moldar seu amor. E tocar as superfícies que surgirem com sutileza, profundidade e firmeza, mas sem ferir o bloco que, riscado, não pode ser refeito. São esses esboços da vida que podem lhe servir como lição: a perfeição se perde na menor imperícia, e as obras-primas são um todo que não aceitam um mínimo talhe de imprecisão.

O amor perfeito é obra de quem ama. Não é peça que se encontra. Mas isso, isso, só errando pra aprender.

Falo para esse sentimento que um dia não soube lidar

Porta entreaberta

Por que o eu te amo é algo tão fácil e tão difícil de acontecer?

Então a frase surge como um rugido, quase uma rendição, um raio que cai do céu e incendeia a floresta: eu te amo. Não, eles não se amam ainda, mas a frase já se esvai ao vento. Não para revelar um sentimento, mas uma sensação. Se a intensidade do vivido tão naturalmente atingiu aquele estágio, tão rapidamente produziu tal combustão, então não é acaso, não é casual. Só pode ser amor. A primeira frase de amor não é uma declaração. É constatação. Não é dita para o outro. É dita, antes de tudo, por quem diz para si próprio. É um solilóquio.

O primeiro eu te amo quer dizer abriram a porta. O primeiro eu te amo quer dizer surgiu alguém. O primeiro eu te amo quer dizer aconteceu o diferente. E na falta de tempo e no urgir das circunstâncias, no arder das chamas, os amantes pronunciam a frase inaugural de todo grande amor quase como um náufrago que transmite um S.O.S. As primeiras três palavras, quando não meros truques da sedução, mas expressão do magma que percorre as veias e derrete com a paixão o músculo pulsante, são como uma sirene de que algo foi provocado, de que alguém foi atingido por alguém como não é trivial. O amor, antes de tudo, é a surpresa de que o banal não se repetiu.

E não que o banal não seja bom. O banal diverte. O banal não é banal. Só não é amor. Ou pelo menos não esse amor, o maior amor de todos os amores. O banal é amar com outro nome, pois afinal tudo é amor. O banal é amar sem a pele em carne viva, essa é a verdade. Mas é amar só por amar, é amar sem pesos, é amar com suavidade, é amar como uma sobremesa, é esbaldar-se sem culpa, é agraciar os sentidos e passar o tempo. O banal é um amor que não dói, um amor que pode não capturar uma alma, mas a leva pra passear. O amor banal também pode ouvir o eu te amo. Mas é quase uma deferência, uma bonificação, por fazer tão bem. Um muito obrigado do amor.

Já o eu te amo que rasga as vísceras é uma navalha, que corta, penetra, atravessa e, sobretudo, marca. O eu te amo de quem ama é uma frequência, uma reação química, uma força vetorial. É um fenômeno em que as almas falam e as vozes não são dos corpos. Elas surgem de algum lugar, e como um espírito que encarna, transmitem sua paixão pela frase que os corpos não sabem de onde vem tal emanação. O amor é um mistério. E sua declaração primeira é um acidente, um incidente, um ocidente, um excedente, uma ascendente... Qualquer coisa que se queira dizer! Tanto faz... eu te amo! É autoexplicativo.

Diremos e ouviremos poucas vezes essa sinfonia. Porque poucas vezes seremos alçados a essa frequência, poucas vezes seremos a faísca a incendiar o paiol alheio, poucas vezes ouviremos a explosão ou a causaremos. Por que o amor é a coisa fácil mais difícil de atingir? Por que somos tão difíceis que temos de ser hipnotizados para enxergar o fácil? Por que temos de viver o difícil tanto e tanto para que o fácil possa nos enfeitiçar? O homem frágil não tem respostas. Sabe apenas que o eu te amo é justamente assim: é algo tão difícil e tão fácil de acontecer, mas só quando acontece.

O amor é a surpresa de que o banal não se repetiu

Calmaria do oceano

O homem frágil no estuário depois dos turbilhões do amor

Meia-idade. O que significa exatamente isso para o amor? Amar pela metade? Ou amar o que resta ser amado com a volúpia de quem consome o divino quitute que dentro em pouco vai se esgotar? É amar com o pecado destemperado de todas as gulas ou com a virtude comedida da mais elevada frugalidade? Só sei que atravessei um longo rio até chegar a esse ponto e minhas águas são dominadas pela calmaria que, de tempos em tempos, é sacudida pelo movimento das marés.

O homem frágil se encontra no estuário da vida e a vê desembocar depois dos turbilhões que agitaram as calhas sinuosas de todas as paixões vividas. Elas vêm desse rio caudaloso – o rio da vida –, estrondoso, das cataratas em que foram lançadas pela força das correntezas, dos redemoinhos em que foram tragadas pelas corredeiras contrárias em que caíram em algum momento. E elas chegam, enfim, e trazem sua doçura para aquele ponto que está ali.

O estuário é um tanto doce e salgado, salobro, uma zona de transição. É o ponto onde os homens frágeis podem ver a maior de todas as belezas: o amor passando pelo estuário e desembocando

no mar. Nada mais belo do que ver o amor que um dia já foi um turbilhão se transformar num oceano. Nada mais belo do que fazer parte disso. Nada mais convidativo que deixar os continentes e as calhas que pareciam intensas, mas que confinavam, e transbordar pelos mares e seguir as correntes oceânicas e cruzar todos os mares da Terra.

Esse é um amor que começa na calmaria do rio e que chega cansado depois de toda agitação nas margens de seu longo traçado, mas que projeta o estuário para além de si, para além da calmaria e da serenidade, que o lança para a água salgada. E, então, estuário e rio mudam de substância. Deixam de ser doces e salobros. Viram ambos o mar e desembocam em ondas por praias jamais conhecidas, passeiam por ilhas nunca avistadas e nunca mais conseguem entender por que, afinal, chamam de Terra esse enorme mundo de tantas e tantas marés imprevisíveis.

Só sei que atravessei um longo rio até chegar a esse ponto

Códigos secretos

O amor é para decifrar enigmas e não para resolver equações

Ah, e eu que nunca fui de ninguém nesse exato instante não pertenço a mim! Porque o capricho do amor se encaixa em mim e me arrebata e me impõe seu domínio, e eu não me rendo, pois já fui ocupado. E quanto mais não me tenho, mais dono de mim me sinto. Quanto mais me dou, mais inteiro me percebo. Quanto mais possuo, mais me entrego. Quanto maior minha oferenda, maior a recompensa.

Amor, estranha ciência, arte, feitiçaria, em que as regras subvertem as convenções. Por isso os códigos do amor são sempre tão secretos. Porque adianta pouco o que sabemos fora dele. Na lógica do amor, largamos a pedra e ela cai para cima. O amor tem sua própria gravidade. Na lógica do amor, 1 + 1 pode ser igual a 0 ou a 1.000 trilhões. O amor tem sua própria métrica. Na lógica do amor, longe pode ser perto e perto, longe; um dia pode ser eternidade; feio pode ser a coisa mais linda que existe e lindo pode não ter nenhuma graça.

Definitivamente, o amor não faz sentido. E esse é o grande sentido do amor. Porque o que faz sentido é a lógica, mas quem se apaixona por ela? Para quê? O que queremos é decifrar enigmas e não resolver equações. E, se possível, não decifrar e nos tornarmos indecifráveis também. O amor é um voo por instrumentos, sob pesada neblina, nas mais elevadas alturas, sujeito a tempestades e raios, mas é só assim que conseguimos voar.

E nossas asas planam nas altitudes e sentimos os ventos, e nos deixamos levar e olhamos as cordilheiras, o esplendor das alvoradas, vemos todas as dobras dos mais volumosos rios, e as extensões sem fim das escaldantes areias dos mais reluzentes desertos, e a imensidão do tapete verde de todas as florestas e o branco glacial dos extremos do mundo. Voamos tão alto, que ficamos amigos da lua e até o sol, de vez em quando, parece fazer alguma erupção apenas para nós.

Até que um dia caímos no chão. Espatifamos. O amor, sabemos, tem dessas. Não tiramos os pés do chão, mas é como se tivéssemos despencado das nuvens. E uma dor sem fim toma conta de nós. Uma dor que não acaba nunca. Uma dor que é para sempre.

Mas, eis mais uma trapaça desse traiçoeiro: o sempre e o nunca, no amor, têm prazo de validade. E quando menos esperamos estamos de novo batendo asas. Ainda não voando. Mas com as asas abertas. Na beira do precipício. Não sabemos quando nem de onde, mas se soprar algum vento forte nos projetaremos para além da terra firme. E sentiremos o que sinto agora. Um homem frágil diante do amor que é dono de tudo e que, quanto mais me aprisiona, mais me liberta.

Ah, essas coisas do amor...

Quanto mais me dou, mais **inteiro** me percebo

Autoengano

Um milímetro não cobre todas as milhagens de um grande amor

Amores trafegam no deslumbre e na volúpia, e quando acabam patinam em descontrole na direção do acidente final. Mas a viagem não é um sofrimento. Por mais que os grandes amores às vezes terminem em grandes desastres, não é justo reduzi-los ao seu último momento. Há quem teime em reduzir o todo pela parte e, sobretudo, pela parte mais dolorosa, pelos corpos presos nas ferragens, no veículo em chamas, fora da pista, de rodas para o ar. Mas não: essa é uma forma de autoengano e de enganar, pois o amor foram todas as viagens e aventuras e curvas e retas aceleradas, que ocorreram muito, muito antes mesmo de o acidente fatal existir.

O amor é a adrenalina de acelerar as máquinas de zero a cem e ouvir o ronco dos motores zunindo a toda potência. O amor é percorrer caminhos, trilhas, rotas, conhecer paragens nunca antes visitadas. O amor é parar no acostamento e deliciar-se com o nascer ou com o pôr do sol. O amor é fazer amor num mapa do tamanho do mundo, e cada amor tem o seu próprio roteiro, o seu mapa das volúpias percorridas. O amor é deslumbrar-se todo dia com uma nova paisagem ou sorrir de alegria pela simples ocorrência do banal pelo caminho. O amor é um motor superaquecido, mas que nunca desregula e, quanto mais ajustado, mais exigido pode ser em sua total potência sem que exija qualquer revisão.

O amor são todas as manobras arriscadas, todas as batidas, todas as acelerações, todas as freadas bruscas, todas as conduções que os amantes executaram com a mais exímia perícia, todas as curvas perigosas no limite dos abismos que provocaram a adrenalina do perigo, mas as descargas da excitação, todos os passeios de domingo no pôr do sol mais romântico, todos os ralis sem lei nas madrugadas, desafiando todos os códigos, correndo todos os riscos, até chegar ao amanhecer, sãos e salvos e com uma cumplicidade que será um segredo perpétuo, apenas dos dois.

O amor terá sido essa estrada, essa aventura, esse caminho percorrido em milhares e milhares de quilômetros, incalculáveis, tantos que poderiam dar voltas e voltas em torno da Terra, cobririam a distância até a lua. Um amor rodado em todos os pavimentos: nas estradas de terra e pedregosas e por isso mesmo cravejadas de solavancos; nos asfaltos mais lisos e sinalizados; nos traçados mais rústicos e nas pinguelas mais estreitas; nas rodovias mais iluminadas, seguras e nas retas mais definidas. Então, o amor é essa maratona indescritível, impossível de sintetizar, que não cabe numa palavra, num adjetivo, positivo ou negativo. Uma palavra não define nenhum amor. Um milímetro não define todas as milhagens de emoções e intimidades.

O amor são todas as manobras arriscadas, todas as freadas bruscas

Mas eis que os amores passam. E os amantes, muitas vezes, tomam outros caminhos. Seguem novos rumos. Manobram e escolhem correr por novas estradas nas bifurcações da vida. E há quem menospreze as antigas viagens. Há quem descreva voltas ao mundo como meros passeios até a esquina do sentir. E há também os que traduzam a viagem pelo seu último momento. E todas as subidas aos cumes das paisagens mais deslumbrantes. E todas as retas das potências máximas dos motores, dos cilindros frenéticos queimando óleo e na combustão dos pistões. Frisam apenas a capotagem derradeira. Mas o amor não foi a tragédia. A tragédia foi um acidente de uma viagem longamente percorrida. Um milímetro não cobre as milhagens inteiras de um grande amor.

O que sobrará?

Os amantes são sempre réus reincidentes com agravante

Quando o amor for apenas nada, não haverá a eletricidade que nos perpassa. Não haverá tantos minutos na mesma hora. Não haverá tantos dramas na mesma frase. Não haverá tantos suspiros, tanto arfar, tanto brilho nos olhos. Não haverá o medo de nos perdermos. Não haverá mais nada a não ser tudo o que foi. E o que foi não terá sido pouco. Só não mais será. Ou melhor, será sim, mas de outra forma, congelada, esquecida. Estará em nós sem percebermos como percebemos hoje em tudo, no amor que nos envolve.

E, nesse ponto longínquo, os corações estarão solitários, talvez doloridos, mas novamente livres para a mais recompensante e cortante reincidência, a de amar, amar, reamar. Como corremos atrás do amor tal qual felinos e o caçamos e o devoramos como uma presa? E como fugimos dele como covardes, desesperados, descendo as escarpas, avançando nas matas como a escapar do incêndio, da floresta em chamas? E como, depois de sãos e salvos, na mansidão dos regaços, nos lançamos de novo ao perigo e nos jogamos de cabeça no fundo do precipício, até sentir toda a adrenalina do desespero a prometer que isso nunca mais vai acontecer?

O amor precisa ser devorado e nos devora enquanto isso. E quanto mais pedaços arranca, mais nos nutre, maior nos torna, mais forte, mais pulsante fica o músculo do peito. Então, amar pode ser uma longa viagem, uma corrida de fundo, uma maratona, numa única trilha. Mas pode se amar em tiros curtos, rápidos, de acelerações e desacelerações súbitas, instantâneas, dessas que fazem disparar os batimentos e, quando nos recuperamos, é hora de mais uma largada, de mais uma explosão momentânea, até uma zona de conforto próxima. Há amores de longa marcha e de curtos-circuitos.

O que não muda nunca é essa compulsão irresponsável para o risco absoluto, com a qual lidamos com os olhos fechados da paixão para, cegos, não enxergamos nenhum dos inúmeros perigos ou com a frieza glacial do medo, que congelando os sentidos cristaliza a chama e não a deixa arder. Se é tão perigoso, é tão gratificante, por isso reincidimos. Amantes raramente são réus primários com bons antecedentes. Todos têm seu prontuário de amores. Se amar fosse um crime, cada novo amor seria um agravante.

Quando o amor passar, assim como a vida, a alma não estará mais naqueles corpos. Mas o amor há de reencarnar. E os amores mortos parecerão outras vidas. E o amor vivo há de bater e pulsar, há de doer e emocionar, há de representar a existência. Os amantes não têm só muitos amores. Têm muitas vidas. E cada amor que se vai é um velório, mas é também um espaço para o renascimento. É contraditório, é talvez pervertido, alucinado, mas deixar de amar também é um prazer. Um prazer amargo. Mas quando um amor acaba o corpo está livre e vazio para novos amores. Quem disse que amar é algo fácil ou coerente? Os amantes são ariscos, por isso amar é tão perigoso.

O amor precisa ser devorado, e nos devora enquanto isso

Tudo parecia inevitável

Quando um amor se vai, somos assassinos ou suicidas do amar?

Você quer saber como é o amor passar? Quer saber mesmo? Quer saber da dor que lhe acorda e lhe põe pra dormir? Quer saber que idade nenhuma lhe dará imunidade e essa lâmina afiada vai lhe acariciar seja quando for? Quer saber que a melancolia é uma tonelada que se põe nas pálpebras e, ai, como é difícil erguê-las e encarar o que há? Quer saber que o amor que se vai é o ponto onde mais alguém se conhece e onde mais se surpreende consigo mesmo? Quer saber que o amor que se vai deixa a sensação ambígua de que somos ao mesmo tempo assassinos e suicidas? Que temos a mão manchada de sangue, mas não sabemos se é do outro ou nosso?

Pois isso é tudo que me vem quando um amor se vai. Foi-se aquela euforia e a leveza e o brilho dos primeiros dias. Foram-se os dias que duravam segundos e as semanas que nem sequer transcorriam; liquefaziam. Foi-se aquele sorriso leve e o rosto desarmado e aquele contentamento sem motivo, mas sempre ali, sempre. Foi-se a lembrança de dias em que tudo era claro, mesmo os dias com neblina, mas na memória era tudo luz, brisa, suavidade, sorriso, leveza. E tudo isso sem que nos déssemos conta. Apenas era assim. Era como se fosse o único jeito de ser. E por isso parecia inevitável e natural, mas agora sabemos que não.

Quando o amor se vai, sabemos que algo muito poderoso aconteceu, um incêndio grandioso na floresta, o estouro da manada de elefantes, um terremoto, uma alcateia de lobos nos colocou numa tocaia. E o primeiro sentimento é de exaustão: com que força darei o próximo passo, por menor que seja? Como espantarei a câimbra existencial que se apossou de tudo em mim? Como abrir os olhos? Como pensar em qualquer outra coisa que não seja o amor que passou? Pois eis uma das grandes crueldades do amor: enquanto ele passa não pensamos nele. Ele passa por nós e nós por ele, sem pensar. Só sentir. Mas quando se vai, e caímos em nós, caímos em nós mesmos do amor que nos elevou, nos catapultou, aí então pensamos em tudo que ele foi. E só então percebemos sua grandiosidade.

São os amores que vão ou nós que os deixamos pelo caminho? São eles que partem ou se repartem diante de nós, ou nós é que ardilosa ou caprichosamente os estraçalhamos para poder amar? Sim, para poder amar de novo um dia e sentir os mesmos dias claros, as mesmas semanas que viravam vento sem a gente notar. Será que somos assassinos de nossos amores porque amamos tanto amar que amor nenhum é maior que isso? Então, cada final nada mais é que a cena de um crime, onde encurralamos o amor que ainda sentimos e o fuzilamos, e o devoramos como bestas-feras e no fim de tudo, atordoados, caímos na letargia, na dor, que de tão pungente não nos faz sentir a culpa nem lembrar a morte que acabamos de perpetrar? É como se toda a tristeza que sentimos fosse, no fundo, uma amnésia, em cuja melancolia ocultamos de nós mesmos a brutalidade que de tempos em tempos reiteramos?

Ou isso tudo é suicídio? E não estamos matando ninguém, senão nós mesmos? Pois cada amor que se vai deixa um pouco de alguém, mas leva um pouco de nós. Por que então esse furor suicida? Os amores que se vão nos deixam insepultos. Quanto tempo há de nós consumir cada luto e o mais inexplicável: por que um dia tentaremos amar uma vez mais? Por que, se sabemos que o amor que se vai deixa o mundo sem graça, sem gosto, sem brilho, sem som, sem nada? Se você quer saber como é o amor que se vai, é como uma encruzilhada: estamos perdidos porque não temos mais um rumo e, em seguida, é como se deparássemos com milhares de placas. Cada uma indicando um lugar para ir. Quando um amor se vai, não conseguimos dar qualquer passo, mesmo sabendo que não faltam direções. Quando um amor se vai, não conseguimos ir.

São os amores que vão ou nós

que os deixamos pelo caminho?

Ainda é madrugada

Se o amor for geografia, fica nas longitudes e não nas latitudes

O amor não morreu. Morreu um amor. Como morreram outros. E tua volúpia ressuscitou em outros lábios. Na vida, a gente nasce e morre. Uma só vez. No amor, o mesmo não ocorre. No amor, a gente ressuscita enquanto houver vida. Porque viver é amar e amar é viver. Só não ama quem não está mais neste mundo. E podemos estar vivos sem amar. Podemos estar aqui em nosso abissal profundo. Só não podemos amar sem vida. Por isso, celebremo-la sempre. E o amor? Ele pode vir ou não vir. Mas o coração só pulsará enquanto houver a batida.

O fim do amor é como uma alvorada. Para o que ainda ama, é noite ainda, ainda é madrugada. Mas para o outro ser que vislumbrou que o amor é uma estrela cujo brilho já não irradia, já está amanhecendo, já está raiando o dia. E é na alvorada que muitos amores desacontecem: quando o breu e a luz se enroscam feito amantes no lençol infinito da imensidão celeste. E há clareza e escuridão e tudo se mistura. Mas haverá o inexorável amanhecer e o despedir da noite escura.

E a dama da noite ficará abandonada: jamais poderei amar agora que se encerrou a harmonia e os tremores do véu da madrugada. E o cavaleiro das manhãs se sentirá um solitário: há tanta luz, tão ofuscante, enxergo tanto, que chego a ficar cego dependendo do horário. Mas não há outro caminho. Não poderei olhar pra cima, mas terei de olhar adiante. E levarei comigo a lembrança daquele amor da alvorada, o amor da completude, de duas porções do mesmo dia. Da linda noite que se foi e do abrasivo amanhecer que me invadia.

E eu farei a mim uma pergunta: o amor terá de ser assim? Esse encontro impossível, entre a noite que se vai e o dia que está vindo? Um desencontro permanente entre a gente? Não poderá haver o amor de duas noites, o amor entre dois dias, o amor entre dois seres que sejam dia e noite todo dia? Não poderá haver amores que não sejam desencontros, amores que não tenham despedidas, não tenham alvoradas, amores que pulsem na mesma rotação, em plena sintonia? Eu acho que sim, mas isso tem menos a ver com os astros e mais com a geografia.

O mundo é redondo e só sei que meu amor, das noites e dos dias, está por aqui, está, decerto. Então, a questão é qual caminho percorrer e não conjecturar se está longe ou se está perto. E aí é que está: acho que o amor, a alma gêmea, a gente não encontra na mesma latitude. Se encontrar, ela só pode estar na nossa longitude, ou na mais próxima de nós. Ela tem de estar no mesmo meridiano, no mesmo fuso horário. Para juntos percorrermos todas as rotações. E seremos dias todos os dias. E seremos noites todas as noites. Poderemos não ser invernos juntos, nem juntos verões. Isso quem define são as latitudes. Mas estaremos rodando sempre pelo universo sejam quais forem as estações.

Não podemos amar sem vida; por isso, celebremo-la sempre

Frio era eu

Mergulho no lago da tristeza com a euforia de sentir algo que seja

Eu mergulho no mais frio lago congelante da tristeza nesse instante. E vou submergindo a cada sílaba, a cada toque, a cada fluir do meu sentir, a cada suspiro, a cada frio no meu peito, a cada arrepio que sinto, na lágrima que não quer sair, mas que empoça minha retina e eu pressinto. Quanto tempo demorei a sentir essa tristeza, quanto tempo eu demorei para sentir, para sentir qualquer coisa que seja? Então, eu fico triste e abatido com toda essa débil e total fraqueza, mas ao mesmo tempo eu fico eufórico e me emociono com toda minha tristeza.

É que mergulho no lago frio do suplício depois de andar pela vida sem jamais imaginar o que seria isso, o sofrer, mas também o que seria o amar. Sem sentir os precipícios da dor excruciante, sem sentir os voos intergalácticos dos prazeres inebriantes. Cheguei a esse lago escuro e congelante, da dor mais perfurante, mas, antes, tive de aprender a sofrer. E antes do antes, a sentir. E depois do antes, depois do sentir e do sofrer, pude descobrir o feliz ser. Pude experimentar a completude, as variações de emoções e a combinação de todos os meus elementos. Pude congelar e ferver por dentro.

Ah, vou entrando nesse lago e, pra ser sincero, sofro muito no começo, mas é só lembrar que agora eu sinto dor que – feito louco –, me entusiasmo. Não que eu seja algum tipo de masoquista. Sofrimento é sofrimento e, ai, como dói o frio desse abandono, como dói ir mergulhando na dor desse lago enquanto o tempo parece modorrento. Ai, como dói sofrer essa sensação que parece um jato frio que injetaram em minhas veias e que dói quando se quebra em meu peito como a onda que se arrebenta por inteira.

Dói, dói, dói. Ai, como dói! Mas como doía muito mais intensamente quando eu não doía. Resistente, inalcançável, empedernido, era o que eu parecia. Frio era eu e não a dor desse lago em que mergulho agora. Eu escancarava o refrigerador ambulante que eu era – de dentro para fora. E transformava tudo em volta de mim no mais cinzento gelo. E congelava o tempo, os beijos, os impulsos, congelava o carinho, os abraços. Eu era os polos do planeta: eu era cheio de glaciares e a dor, como tudo nos meus *icebergs*, sumia na imensidão dos meus brancos, sem vida nos meus blocos polares.

Não sei bem o que me aconteceu ao certo. Talvez tenha sido algum tipo de glaciação, o choque de um meteoro. Mas passei a ter também extensos desertos. E dunas de areias quentes. E oceanos. E cordilheiras. Florestas. Virei um mundo. E um mundo, um mundo sente! Um mundo sente um mundo de sentimentos. E comemora conquistas, sofre rejeições, enfrenta padecimentos. Um mundo é cheio de lagos. Como esse que mergulho agora, frio e de dor. Mas profundo e intenso. De sentimentos. Sinto a dor do sofrer e a alegria do sentir ao mesmo tempo. Mergulho na minha tristeza, com lágrimas nos olhos e com a chama no peito de um claro contentamento.

Quanto tempo demorei a sentir qualquer coisa que seja?

Inverno no peito

A dor do amor é ambivalente: a dor que mistura o frio e o quente

Sinto um inverno danado aqui no peito. Está nevando e que tremenda tempestade! Sinto um frio que me abate impiedoso e o mais estranho é que o coração arde, arde em chamas calorosas. Coisa estranha é esse ambíguo sentimento: é se congelar e derreter ao mesmo tempo. Ai, como é dolorosamente curioso esse sofrer e esse sofrimento. Sofrer de amar é a combustão nos *icebergs* e o congelamento das fornalhas. É a confusão total de todas as temperaturas: é o incendiar dos gelos e o congelar das fervuras.

Eu tremo desse frio penetrante e os calafrios me estremecem, me sacodem. E ao mesmo tempo sinto febre, suo em bicas e os meus termômetros explodem. Sofrer de amor é muito mais que maldição: é contradição. É sentir simultaneamente dois ápices opostos. É ir do ponto de fusão ao de congelamento, é sentir em carne viva todos os limites enfim expostos. Gelei, fervi, evaporei, derreti, cristalizei, ardi. Esses foram meus últimos segundos. Percorri todos esses estados físicos e ainda percorro. E volto. E torno de novo. Ai, que laboratório é esse em que transformei meu corpo?

Não sei o que vai dar ao fim de todo esse experimento: restará a límpida clareza ou somente o bolor de um tormento? Só lembro que comecei a ensaiar essa alquimia quando misturei em minha alma sua magia. E aí passei a borbulhar e todas as reações se desencadearam. E o que era eu, a calmaria de um líquido viscoso, de repente, vi subirem chamas e todos os meus volumes subitamente se incendiaram. Era você na minha mistura, era química pura, era a fissão nuclear, a implosão dos átomos, a minha ruptura.

Quem mandou brincar com fogo? E eu brinquei e virei cinzas, eu me consumi com suas labaredas e faria tudo de novo. Faria sim, pois não aguentava mais minha calmaria. Era quando todas as semanas eram iguais, não havia noites nem havia dias. O tempo vivia congelado. E eu estava alojado numa geleira dentro dele. Então, você me convidou para queimar em seus experimentos e eu saí de meu congelamento, e virei um teste a mais no seu laboratório. Você mexeu com toda a minha fórmula, alterou meus elementos e eu passei a ser outra matéria aqui dentro.

Sim, fui transformado pelas suas moléculas, por seus íons, por sua energia. E agora nossa reação chegou ao fim. E o que sobrou? Uma atmosfera quente em volta e um tubo de ensaio que sou eu e que esfria. É por isso que sinto essa sensação térmica ambivalente: o frio congelante de tudo que já não somos e a combustão que se dissipa e ainda é quente. Voltarei, eu sei, ao meu ponto de equilíbrio. O ponto de onde parti lá no início. Foi antes de me dissolver em sua mistura. Quando o mundo em volta era apenas... frio.

Gelei, fervi, evaporei, derreti: esses foram meus últimos segundos

Coração que derrama

Amores são vulcões que estão ou já estiveram em plena erupção

Ex-amor não é amor? Como assim? É amizade? É nada? Não, nada disso. Ex-amores são amor. Desamor, com certeza, é o que não são. Podem se transformar em amizade, mas nunca serão só isso. Eles foram amor um dia e, mesmo não sendo mais amores ativos, isso não os faz menos amores. Eles serão amores, sim, eternamente. Amores que foram vividos e amores que nunca deixarão de ter sido. Mas e o coração? E o coração que derrama lava quando ama e só reconhece como amor o que escorre em rios flamejantes nas encostas? Pois o coração não tem olhos, porque o amor é cego.

O amor do agora, o amor que derrete, que incinera, claro, é o amor em combustão absoluta, em fusão total, no maior ponto de aquecimento. Mas os amores frios, que passaram, não são por isso menos amores. O amor de hoje é um vulcão em plena erupção. Mas os de ontem são vulcões extintos, sem atividade. Mas vulcões. Não são morros, montanhas, cordilheiras. Um vulcão que não vomita mais seu magma do centro da Terra não tem a força, o calor, a potência de um vulcão em absoluto transe. Mas admiremos os ex-amores com a mesma reverência com que observamos ex-vulcões.

Porque ali, um dia, já houve uma conexão total com o centro da Terra, com o núcleo do mundo. Ali, um dia já se abalou tudo ao redor. Ali, ali, os rios quentes já abriram sulcos e marcaram para sempre com seu jorro incandescente toda a paisagem, queimaram as superfícies com sua ardência. Os vulcões, como os amores, são ápices da natureza, um rastro de devastação de tudo que antes existiu e, por isso também, de transformação daquilo que se tornou. Então, muito respeito com os vulcões: porque eles não são parte da paisagem. Eles moldaram o planeta. Eles nos fizeram ser o que somos. É por isso que eles nunca deixarão de ser mesmo quando já não forem: porque terão marcado nossas vertentes e estarão vivos em nós, mesmo que mortos, pois estamos vivos e somos, fomos, caminho de suas erupções.

Os vulcões vivos, os amores do agora, regurgitam toda a sua potência, precipitam toda a sua enxurrada. Lindo fenômeno um amor em erupção. Nada desassombra mais a natureza, nada revela mais as entranhas dos planetas que todos somos, nada incendeia mais, nada pode ofuscar mais o sol, nada pode nublar mais o horizonte. Mas vulcões podem ser mais ou menos poderosos, mas a mesma Terra que os ativa é aquela que os adormece. E subitamente, como o estrondo que veio, a paz chega e a harmonia completa se restaura. Nasce então um ex-amor. Ao cruzar com ele, por mais fria que esteja a natureza, jamais se esqueça: ali repousa um vulcão extinto, mas um vulcão.

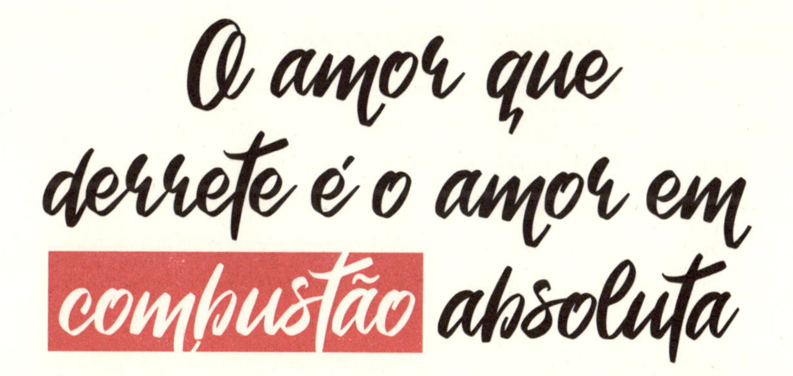

Quero bater asas

Hoje entendo o amor das borboletas, mas tive dias de cão

Repouso em suas mãos, quero voar. Mas permaneço. Tu não me entendes, nem eu. Só sei que quero bater minhas asas, minhas membranas cheias de estilo, minhas asas coloridas e voar pelos ares todos do mundo. Só quem já foi borboleta é que me entende. Só quem foi borboleta é que percebe que a mão em que estamos nem imagina o que se passa em nosso pensar. E a borboleta, que pode ir pra qualquer canto, decide o que só as borboletas podem deliberar: repousar naquela mão e ficar ali imóvel, frágil, enigmática. Estática. Somente elas sabem o grande segredo das borboletas: estarem paradas, mas prestes a voar.

Já fui cão um dia, e como é diferente! Eu corria, eu latia, eu rosnava. Eu assustava quem não me conhecia. Fazia muito barulho, mordia os móveis da sala. Nunca tive a sutileza e a sutileza das borboletas. Mas eu tinha dona. E no fim de tudo voltava e deitava aos seus pés e aguardava a coleira, quase implorava, sem reclamar. E suspirava feliz por qualquer afago e olhava nos olhos e, os meus, eram só lealdade. Ficava ali muitas horas, sem ver o tempo passar. O lugar mais seguro do mundo, aos pés de minha dona, ao alcance de sua mão. Tudo era tranquilidade e a minha fúria, ela sabia, era coisa de cão. Passageira, estrondosa, estabanada. Era só brincadeira. O que eu gostava mesmo era dela e da coleira.

Borboletas pousam. Borboletas não ficam. Ou ficam? Quem vai saber? Cinco minutos na vida delas é uma eternidade. Cachorros vivem tanto... mas não é esse o caso. Borboletas ficam ou pousam e nunca sabemos quando se vão. Seu voo mais encantador em nossos corações é a completa inação. É isso que nos fascina: ver os objetos das asas flamejantes ali, estagnadas. Vê-las contra sua própria natureza, apaixonadas em nossa pele, por aqueles instantes. Borboletas são seres insinuantes e não, não, seu lugar não somos nós, nem nossas mãos.

Elas têm de bater asas, pois o tempo urge. Elas têm de bater asas, porque voar é a síntese, o fim de toda sua transformação. Transformação de quem um dia já foi lagarta, casulo, crisálida e finalmente ganhou asas. Para voar, ora bolas! As borboletas não voam porque estão indo para algum lugar. Voam em reverência ao lugar de onde vieram. Por isso as borboletas quando pousam parecem amores impossíveis: porque parar vai contra a sua natureza. Mas o amor, às vezes, como o pousar delas, é capaz de ir contra tudo que somos, contra tudo o que viemos para ser. E ainda assim pousamos, ainda assim amamos. As borboletas às vezes pousam. Os amantes às vezes decidem que é impossível não amar. Quanto tempo isso dura? Uma eternidade, dependendo de quem se é ou onde se está.

Os amantes às vezes decidem que é impossível não amar

O amor, egoísta como é, quer adestrar borboletas, quer fazê-las de cães. Possessivo, quer ser dono e não aceitar ser a escala de uma vida. Ai daqueles que amam as borboletas! Amá-las não se mede em dias. Isso vale para os cães. Amá-las é o próprio pouso, por menor que seja a duração. Amá-las é entender que os cães amam para sempre porque sempre foram cães. Mas as borboletas são o resultado das mutações. E quem muda tanto numa só vida é capaz de amar, sempre será. Mas haverá sempre algum impulso inexplicável após o pouso, um impulso de bater asas e se lançar ao vento. Voar não é um abandono. É a mutação, é um movimento. É preciso amar as borboletas e entender que elas vieram, e o privilégio foi tê-las antes de vê-las cumprir o seu destino. E o destino das borboletas, o destino delas? É voar.

Sem saber por quê

A lição de um ignorante sobre a sabedoria de amar

Acho que somente os ignorantes podem dar bons conselhos, e não os sábios. Sobretudo no amor. Porque os sábios praticaram a sabedoria, foram abençoados por ela e, em alguma dimensão, não conseguem estabelecer conexão com pessoas como nós, ignorantes. E somos nós, que ignoramos, que mais precisamos de uma palavra, de uma revelação, de uma epifania que nos liberte de nosso estado natural e nos projete para um novo patamar. Então, na condição de ignorante notório e contumaz, o homem frágil hoje vai falar sobre sua ignorância do amor.

Pratiquei a ignorância com muito afinco e posso dizer que alcancei um elevadíssimo grau nesse domínio. Foquei em tudo que era mental, no lógico, concentrei todas as minhas emoções da clavícula para cima. Fui feliz. Mas outras felicidades que só existem da clavícula para baixo ficaram represadas ou vivenciadas em segundo plano.

E o amor não se sente acima da clavícula. Pensar e viver no quadrado da racionalidade é um prazer delicioso, mas tornar-se prisioneiro desse cubículo torna alguém um cativo incapaz de acessar a liberdade dos amores.

E eis aqui um ignorante que fala com conhecimento de causa. Quanta ternura ignorei, quantas sensações foram ignoradas, quanto fui ignorante em viver os encaixes e as pulsões que só vivendo o amor é possível! Ouça o que lhe diz esse colossal ignorante: um dia a conta chega. E a soma de todas as ignorâncias acumuladas numa vida fazem pensar e formular questões inevitáveis: como pude ser tão ignorante? Será que posso deixar ainda de ser? Como?

Porque amar só se aprende amando. E, quando se cruza com amantes que amaram e que tiveram o amor como alimento natural na dieta de suas existências, descobre-se tardiamente que a escolha pela ignorância total e completa do amar é desconcertante. É como um barco adernado com muita carga de um lado e um vazio estúpido do outro. E você se pergunta: como foi possível navegar até aqui sem afundar? Que viagem desconfortável! Não teria sido mais sábio equilibrar a embarcação e deslizar com a quilha aprumada?

São essas as perguntas que só os ignorantes podem fazer. Os sábios já sabem as respostas e desde sempre não cometeram os erros de ignorar esses princípios básicos. Por isso, o homem frágil compartilha sua enciclopédica ignorância para que outros ignorantes, como ele, saibam de fonte confiável que a ignorância no amor um dia mostra a sua cara. E, aí, há um misto de dor e de prazer em contemplar a própria boçalidade. O prazer é finalmente constatar que há muito por fazer, é descobrir o próprio vazio e imaginar como ocupá-lo.

A dor é perceber que há tantos que sempre souberam isso, que há tantos que tanto viveram nesse espaço, que enquanto o ignorante imaginava que o prazer estava de um lado o mundo inteiro já vivia do outro e só o ignorante não percebia. Ignorantes, saibam que nessa hora há de vir um amargor, uma inveja, uma vergonha que somente os ignorantes sentem.

Meu conselho? Talvez quando descobrir sua ignorância a dor seja tão grande que não queira amar não mais por ignorância, mas exatamente por revolta em descobrir o quanto a ignorância lhe privou de amar por causa da estupidez. Se puderem, os ignorantes que me leem, façam diferente enquanto é tempo. Conselho de ignorante.

Fera ferroada

O homem frágil tem mil faces e eu o vejo em todo lugar

Me perdoe pelo mau jeito. Eu sei que guardo sombras primitivas aqui dentro. Há o bolor de um machismo ultrapassado em meus recantos. Há um sotaque arcaico que impregna o meu hálito. São ecos do passado, dos velhos condicionamentos que ainda reverberam em mim. Vejo aí o homem frágil, alguém que carrega fardos de que tenta se livrar para viver as novas possibilidades de amar. Um amar em que a igualdade não é um lema, é realidade a que se deve adaptar. E a fragilidade não, não, é absoluta. É relativa. Ela acontece diante da liberdade e do poder que não está mais de um lado só. Está no equilíbrio e no respeito, está em calar as vozes da soberba e em ouvir a melodia dissonante que antes não podia se expressar. O homem frágil não tem a face do passado. Tem mil faces e eu o vejo em todo lugar.

Eu vejo o homem frágil no homem que parece indestrutível. Eu vejo sua fragilidade na volúpia de descartar amores e experimentar carícias e, de tanto mostrar-se inatingível, revelar sua vulnerabilidade. Eu vejo o homem frágil no coração de pedra que parece inacessível, inabalável, no coração que ao ser de todas não é de ninguém. E ao gabar-se disso, no fundo, é um homem frágil. Orgulhoso de suas proezas vãs, mas um coração de pedra que olha o mundo com os olhos de vidro dos amores sem forma e sem nitidez. Eu vejo o homem frágil no amor que coleciona, quando o amor de tão sublime também poderia rimar com seleciona, por que não? Eu vejo o homem frágil nas pesquisas quantitativas, algo que um dia já foi pré-requisito de todas as qualitativas.

Eu vejo o homem frágil no amor cego dos que se entregam por se entregar, sem saber para onde estão indo, em que braços estão caindo. Jogam-se como aqueles que se lançam em precipícios, acreditando por um instante que o vento que agita alucinante nos faz pássaros, nos faz voar. São segundos nesse voo deslumbrante, que vale mais que ficar parado na beira solitária daquele abismo distante. Mas é um homem frágil que vejo saltar nesse voo, nos braços do vazio apenas para escapar da platitude do nada.

Eu vejo também o homem frágil como a fera ferroada. Bufando e arfando em ziguezague dentro das novas jaulas. As jaulas que confinam sua natureza selvagem, seu machismo primevo, suas pulsões misóginas. E o homem frágil, então, urra como um leão inconformado. Seu grito triste é um estrondo que atravessa a floresta. E some. Então, ele morde as barras com suas mandíbulas perfurantes, bate as patas sobre o solo do engradado. Mas e daí? É só um homem frágil preso em sua jaula. Assusta, mas não é risco. Sua pena é o isolamento, até esgotar seu último suspiro de ferocidade.

Eu vejo o homem frágil no amor cego dos que se entregam

Mas eu vejo também os homens frágeis que aprenderam a grande lição de Darwin: adaptar ou morrer. E são mais frágeis do que nunca, e nisso reside sua fortaleza. Vivem os tempos como são, amam os amores como são, sentem os sentidos como são. São homens frágeis em sintonia e harmonia perfeita com a fragilidade de aceitar a força do amor alheio: compreendê-lo, em vez de rebelar-se; pactuar, em vez de viver em sublevação. Esses são os homens frágeis que mais admiro. São os homens frágeis que um dia eu queria ser. Porque eu só vejo homens frágeis travestidos das mais diferentes carapuças. E as mais bizarras são as dos fortes que assim tentam parecer.

Fechado em mim

O que guardo na memória do tempo remoto em que eu era eu

Quando eu era eu, você tinha de ver: eu era imponente! Eu era diferente. Eu era... prepotente? Eu era gente! Eu era o cara. Eu... eu era eu. É pouco? Quando eu era eu, eu não pensava em nada, mas sabia tudo. Quando eu era eu, eu falava tudo, mas não ouvia nada. Quando eu era eu, era visto pra todo lado, por todo mundo, mas não me enxergava. Quando eu era eu, eu não dizia. Eu ditava. Eu não comprava. Eu arrematava. Eu não pedia. Eu determinava. Quando eu era eu, eu fazia tudo isso. Mas de uma maneira tão sutil que só eu era capaz. Mas isso era quando eu era eu.

Quando eu era eu, não era assim não. Eu cuspia, não engolia. Ai de quem atravessasse o meu caminho. Que desatino! Quando eu era eu, eu via o medo no olhar alheio. Não suportava nada. Eu era insuportável, mas a pessoa ao meu lado ficava calada. Dizer o quê? Quando eu era eu, ninguém nunca gritou comigo, era só eu estalar e tudo era possível, fosse qual fosse o meu capricho. Ah, quando eu era eu, comigo não tinha perdão. Era do meu jeito ou não havia opção. Quando eu era eu, eu vivia no centro do mundo, mas o mundo era um lugar sem ninguém.

Quando eu era eu, só havia um jeito: o meu. Quando eu era eu, ao menor descompasso, era um terremoto, era o cadafalso. Quando eu era eu, eu cismava com qualquer movimento. E ordenava ao meu pelotão de fuzilamento: atirem! Quem manda sou eu! Quando eu era eu, não existia ninguém. Nem eu. Quando eu era eu, eu acordava todo dia e todo dia era igual ao outro, quando eu era eu. Quando eu era eu, eu estava perto de todos e distante de tudo, eu estava aberto ao mundo e fechado em mim, eu não via o tempo passar e só via a vida assim. Era esse que eu era quando eu era eu.

Até que um dia eu acabei. Simples, foi desse jeito. Não pude escolher. Nem disse sim. Saí de cena. Saí de mim. E nunca mais eu fui eu. Me botaram pra fora, fui expulso e nunca mais me reencontrei. Estava tão cansado de mim. É verdade que nem fui atrás. Não me procurei. Nunca mais tive notícias minhas. Ninguém sentiu falta, ninguém tentou me achar. Pra ser bem sincero, acho que me livrei de um fardo. E agradeço a quem me expulsou de mim o meu enfado, o enfado imenso que eu sentia quando eu era eu. Hoje, eu cruzo com gente que conheci no passado e vou logo dizendo que eu não sou eu. São poucos os que me dão fé. Quando eu era eu, isso me irritaria. Agora, tanto faz. Quem diria! O que importa sou eu e não o eu que eu era e que não existe mais.

Quando eu era eu, o mundo era um lugar distante, a vida era uma coisa só, não havia um só instante. Quando eu era eu, eu não caminhava; sobrevoava. Eu não convivia; eu assistia. Eu não sentia; eu refletia. Quando eu era eu, eu não era. Eu era capaz de tudo, mas não era capaz de mim. Eu era um observador de todos os detalhes, menos os meus. Eu era uma máquina para os outros, mas não funcionava pra mim. Quando eu era eu, eu não me olhava no espelho. Eu não me via inteiro. Quando eu era eu, eu não via as minhas lacunas. Eu era uma sombra, sem dúvida nenhuma. Agora que eu não sou mais eu, eu me vejo por completo. E finalmente eu me interpreto e constato quantos vazios carrego dos tempos de quando eu era eu.

Quando eu era eu, ao menor descompasso, era um terremoto

Por um triz

Duas vidas em uma não é perder a primeira: é viver a vida inteira

Estava no banco do passageiro quando a vida capotou espetacularmente e deu cinco voltas inteiras em torno de mim. A pessoa do lado, eu vi, tinha o coração encravado pela viga fria do aço. Atrás, do lado esquerdo, olhei um monte de carnes, pedaços dilacerados; e, do direito, braços, pernas e um tronco, tudo despedaçado. Ah, foi por um átimo! Em meio àquele rodopio alucinado, foi num lapso, foi por muito pouco, que se abriu uma brecha e por ela o meu corpo se projetou no espaço. E foi assim que escapei. Caí não de cabeça, nem na rocha maciça. A vida me lançou no meio da relva, ao lado da pista. Aterrissei, casual. Amorteci meu voo em frondoso matagal.

A gente só sabe como sobrevive às grandes catástrofes depois que acontecem. E quando abrimos os olhos não foi nossa força que nos salvou. Foram as forças que nos salvaram. Forças que não sabemos quais são. Só sabemos que não foram as nossas. Mas só quem sobrevive é que pode entender a sensação ambígua e estranha de acordar depois de um grande revés: é um misto de desespero com a sensação de espanto. Desespero porque, afinal, uma calamidade ocorreu, mas também um milagre. Por que o destino me escolheu e me jogou no acidente? Como sobrevivi de tamanho incidente?

A verdade é que ninguém é forte o suficiente, ninguém está preparado. Quando a vida capota na curva, os que saem inteiros, sem traumas ou fissuras, não saem porque são resistentes. Saem porque houve um milagre, em meio a uma barbaridade, mas um milagre, um milagre. E um milagre é sempre um milagre! E a sensação não é de perda ao olhar os destroços. É de perplexidade.

A gente nasce quando a vida chega e, quando escapa da morte, a gente renasce. E aí uma euforia toma conta de tudo. Quem saiu vivo um dia de alguma fatalidade, aprende que não conduz o rumo ou o destino. E se deixa levar mais fácil pelo próprio caminho. (Não falo aqui de acidentes reais. Falo dos acidentes da vida. Físicos ou emocionais.)

E a gente aprende que veio pra ter duas vidas. A que tinha antes e a que é pra ser daqui pra frente vivida. Viver agora é ouvir menos o que dizem e falar mais comigo mesmo. Não é ter tudo o que eu gosto, mas gostar de tudo o que tenho. É aceitar que o amor não é pra sempre, mas sempre deve ser amor, enquanto for. Que tudo passa, inclusive a dor, ai que bom... Que somos vaga-lumes e achamos que piscar é inevitável, só que não. Que a vida é pouco mais que uma faísca na escuridão. E que não somos nós quem decidimos quando apagamos ou não. Assim, a segunda vida preenche todo o cenário. Duas vidas em uma não é perder a primeira. É piscar a faísca inteira.

Bendita dor que me amargurou tanto. Bendita angústia que me encharcou de prantos. Bendita agonia que dilacerou meus encantos, infernizou meus acalantos, demonizou meus olhos santos. Porque uma vida quando se transforma em outra vida, na mesma vida, não tem morte, não tem pesar. Não velei meu corpo. Assisti ao meu parto depois de ver tanto tempo passar, depois de viver tanto. E me peguei no colo e vi meus olhos arregalados de quem acabou de chegar. E disse para mim:

— Ei, menino, só se perde quem sabe aonde quer chegar. Se você não sabe pra onde ir, você nunca está perdido.

Bendita agonia que dilacerou meus encantos, infernizou meus acalantos

Diga que me perdoa

No jogo da vida, fato consumado: não sou jogador, eu sou jogado

Ah, que misterioso solavanco! Estava no pano verde e liso quando o jogador experimentado me arremessou com seu taco certeiro e desferiu sobre mim o petardo, e fui parar no outro canto. E lá fui eu na direção da bola sete. Ah, o bilhar da vida! Jogam nossas trajetórias e esbarramos em outras bolas e não podemos conter nem saber ou entender o por quê. Somente o jogador, que é o destino, sabe qual é o fio da meada, qual é a intenção dessa jogada. E eu? Eu me vejo rodopiando em direção à bola sete. É como um canhão e eu a vejo, e ela cresce. Diga que me perdoa e que não me escapa? Antes que um ou nós dois caiamos na caçapa.

Não me serve de nada a teoria dos jogos nessa vida, pois não sou jogador. Eu sou jogado. Sou uma peça do xadrez do Criador, sou uma aposta na roleta do acaso, sou uma bola na mesa de bilhar onde jogam o meu destino. E eu vi, eu vi, preste atenção: eu vi quando a bola sete mudou toda a minha trajetória. Me jogaram com toda força em direção a ela e a minha já não era minha, mas a dela. Não que eu não me pertencesse ou que ela fosse a causa das minhas transformações. Mas é que no bilhar da vida alguns incidentes acontecem, às vezes pessoas, e nos transportam para novas direções. Quem definiu esse novo traçado? Eu não fui. Fui apenas jogado.

Pessoas se tocam, peças se tocam. E às vezes apenas basta uma suave tangente e a vida e o jogo e a tacada muda tudo à nossa frente. Que estranho milagre é esse que faz com que um mínimo momento seja capaz de completar a plenitude de um longo movimento chamado destino, chamado tempo? Parece aquela microscópica manobra dos astronautas quando o módulo se encaixa suavemente na estação espacial. Tantos milhões de quilômetros percorridos e o abismo todo do universo são aqueles poucos centímetros indefinidos. Pois é assim quando uma vida tangencia a outra e lhe muda a direção: é como se o espaço lhe chamasse pra passear e você não pudesse dizer não.

Sou um homem frágil, cada vez mais frágil e cada vez mais confortável em minha fragilidade. Já não fui frágil um dia e sei como é. Quando não era frágil, eu controlava o mundo todo. E eu carregava meu cetro, pesado. E minha coroa assava minha testa. E meus mantos de veludo... Era onde eu escondia a minha torrefação. E minhas sapatilhas invejadas torturavam os meus pés. Ai, como eram apertadas! E eu vivia preocupado com as rebeliões ao redor do reino. E tinha de desferir minha clava com crueldade, muitas vezes contra quem mais amava. Precisava mostrar toda minha inclemência. Ser o dono do mundo me exauria tanto, me drenava tanto, me cansava tanto. Eu era apenas outro tipo de frágil: um frágil onipotente.

Agora eu sou apenas frágil. E cuido só da minha fragilidade. Não tenho que carregar mitras, não sento em tronos, não tenho majestades. A vida segue mais leve e eu a sinto me fazendo levar. Como no toque seco e certeiro do jogador habilidoso que me projetou como um disparo zunindo e sem anteparos em cheio na bola sete. Antes, eu estaria perdido. Agora, eu sei que faz parte do jogo. A gente está num canto da mesa e o destino elucubra um lance e o executa com a mais absoluta frieza. Quanto a mim? Que misterioso solavanco! Vim parar aqui nesse canto. Até quando? No jogo da vida só há um fato consumado. Não sou jogador. Eu sou jogado.

Sou um homem cada vez mais confortável em minha fragilidade

Escolhas erradas

Acordar era um ato rotineiro. Hoje, dos mistérios, o primeiro

Não sou imune a punhaladas. Mas há tantas lâminas encravadas em minhas costas que lhe aconselho, se acaso a fúria ou a torpeza seja algo que lhe apossa, que venha com frieza. E examine o território. Sou um campo de batalhas que se assemelha a um campo santo infestado só de adagas. Olhe bem para o meu dorso e procure encontrar algum espaço, algum lugar desabitado. Consegue ver como por trás eu não sou liso? Carrego facas, canivetes, estiletes, facões, punhais, espadas, tudo isso e muito mais está enterrado aqui comigo. Agora, fica a gosto! Mas posso assegurar: isso vai lhe exigir algum esforço. Quem sabe a solução seja retirar uma velha facada e, no lugar que se abre, satisfazer a volúpia e ocupar com um novo sabre?

A gente chega a certo ponto nessa vida em que olha com ironia e graças pras feridas. E com seriedade e temor pras alegrias. É que as dores são e serão sempre inevitáveis. Mas não os amores. As dores fazem parte da vida. A vida faz parte do amor. Então, à medida que a vida passa, percebemos que as dores passam, a vida passa, mas se alguma coisa fica é o amor. Pode espiar aí as minhas adagas: é a minha coleção de escolhas erradas. Ninguém é mais culpado pela traição do que o traído: por se iludir e não ter percebido. Os meus punhais lembram não o que sofri, mas o que não vi. Me lembram o quanto já fui cego. São as chagas do meu ego.

Ninguém verdadeiramente machuca a nossa alma. A não ser que não se entenda o que é a vida, afinal. Viemos ao mundo para errar. Viemos ao mundo para cometer pecados. Somos pecadores e não seres sagrados. Não somos santos! Então, qual será o sentido da existência? Pra que viemos? O que dá valor a uma vida, o que lhe dá consistência? Viemos para pecar, sim, e que pequemos! Mas cabe a nós não só pecar: nós escolhemos. Qual pecado afinal queremos? Ser uma pessoa boa não é passar pela vida e não ser pecadora. Meu objetivo sempre foi mais limitado: a precária escolha pelo melhor pecado. Será isso possível? Fazer o quê? Os virtuosos nunca me provocaram mais do que um bocejo.

De todas as inocências que tive, a que durou mais foi o para sempre. Foi também a que mais me surpreendeu quando partiu. Confesso que acreditei que o para sempre era possível. Não na sua primeira emanação, na paixão, mas que fosse algo assim como a atmosfera: vai saindo do sólido da Terra e se transmutando no abstrato mais absoluto da estratosfera. Mas ainda é algo. Sempre acreditei que no fim sobraria alguma escassa essência, etérea. Jamais o vazio, o vácuo, o buraco negro, o nada. Mas descobri que o tudo também inclui o nada. E o nada também é algo. E que o para sempre pode ser de outro jeito: quando tudo vira nada ainda é para sempre.

Olho pra trás e vejo uma longa caminhada e, pra frente, uma névoa esparsa e embranquecida. Acordar mudou de repente de sentido. Antes, era um ato rotineiro. Hoje, dos mistérios do meu dia, o primeiro. Tenho tempo, não todo, mas suficiente. Posso desperdiçar, mas só com o que achar conveniente. E o que é isso? Sei lá. Nunca soube a vida inteira e vou justamente saber agora? Faço o que é bom e não o certo. Sou pecador, por isso erro. Errarei menos porque o tempo há menos. E não porque o saber há mais. Mas errarei menos daqui pra frente porque não sou eterno ou onipresente, tampouco. Então, escolha logo onde vai cravar a sua adaga. Tenho compromissos daqui a pouco...

Os meus punhais lembram não o que sofri, mas o que não vi

Sem ilusão

Inocente, vejo tudo como nunca, entendo nada como sempre

Olhar as coisas como são. E não com os olhos iludidos da minha ficção. Eu nunca fui de amar estando acordado. Eu sempre amei sonhando. E agora aqui estou, de olhos vidrados, com a realidade me espancando. É toda a verdade que agride minhas retinas, ou eu não sou mais o idiota que se escondia nas cortinas? Serei aquele que apenas se assusta com o que sempre existiu e apenas ele, só ele, unicamente nunca viu? Como será amar agora, quando não olho só pra dentro e enxergo tudo que está fora?

Eu sofro todo dia com o que é cotidiano. O banal é uma navalha que dilacera, sangra, crava, rasga minha pele, desbota todo o pano. Eu passei a vida inteira em meu castelo encantado, era irreal e de papel, era ilusório, imaginário, mas foi nesse espaço em que vivi, o paraíso encastelado. Fui chamado pela vida quando menos esperava para olhá-la em seus olhos e encarar o tudo ou nada.

Sinto tanto medo de olhar isso que existe. Eu preferia viver de olhos fechados e não perceber o quanto há de triste. É triste o sabor amargo de assistir à procissão de zumbis nos corpos dos passantes. É triste procurar o brilho nos olhos e encontrar lá no fundo a mais fosca e opaca sombra, bem distante. É triste ir brincar de amor com a mais pura alegria e encontrar a frieza da mais mecânica engenharia. É triste olhar o amor e entender tudo ao enxergar o nada. É triste ver que o nada se transformou em quase tudo. Ai, como dá uma sensação ruim que romance, poesia e folhetim são páginas viradas.

Eu vou ter de me acostumar com tudo isso. Com os plásticos que pulsam onde antes vibrava o músculo cardíaco. Eu vou me acostumar com a realidade nua e crua e desistir desse meu pendor idílico. O problema sou eu e não tudo o que me cerca. Eu é que parei no tempo e a fila andou e andou depressa. Não tem mais um tipo de amor, é coisa de um tempo antigo. Era quando eu queria ter só você e você só queria estar comigo. E isso durava por um tempo que se chamava para sempre e o amor era eterno, era um elo permanente.

Agora o amor virou roleta-russa. Você chega e o destino já lhe expulsa. E, na minha vez, mal entro no jogo e já sou regra três. Eu, que nasci para consumar o amor numa linda e alva escadaria, hoje vou encontrá-lo em retalhos, nas vidraçarias. Olhos de vidro, se há uma lição que é evidente é que, na amante experiente, o único pecado imperdoável é o erro inocente. E o único pecado do inocente é pensar que há algo diferente. E aqui estou eu, inocente, cercado de experientes. Perdido nesse lugar, vendo tudo como nunca, entendendo nada como sempre.

Preferia viver de olhos fechados e não perceber o quanto há de triste

Toda fragilidade

Um dia, todo amor tão real que vivemos parecerá uma fantasia

Um dia, nós haveremos de olhar pra trás e refletir por tudo que passamos e nos contemplaremos. Um dia, iremos nos maravilhar com as tramas do destino, com os galopes loucos de nossos desatinos e sentiremos um estalo de surpresa por tudo que fizemos. Um dia, quando todo o nosso amor tiver sido percorrido, saberemos o privilégio que tivemos, saberemos todas as delícias que sorvemos, saberemos, enfim, que o nosso encontro aconteceu e não desperdiçamos esse privilégio, pois desde sempre nós o percebemos.

Um dia, faremos um balanço de todas as dádivas da vida. E iremos lembrar, sim, das dores e das frustrações vividas. Mas teremos um sorriso sereno em nossas faces. Pois nos lembraremos do momento em que a vida nos uniu em nosso enlace. Um dia, já não teremos a eletricidade atravessando os nossos corpos. Mas nos lembraremos de toda luz que reluziu no apogeu dos nossos trópicos. Um dia, olharemos para frente e compreenderemos que foi um milagre: nossas vidas se cruzarem nesse amor que surge e que, justamente agora, ele se deflagre.

Um dia, olharemos um para o outro e nos sentiremos abençoados. Por todo o amor que foi vivido, por tudo que tivermos construído, por todos os momentos que teremos nos amado. Um dia, só teremos palavras de agradecimento, não carregaremos mágoas nem tormentos. Olharemos para nós com o brilho no olhar de nosso eterno encantamento. Um dia, um de nós há de partir e a saudade chegará. Mas não haverá tristeza. Restará o consolo confortante da vida que vivemos e da magnitude de toda a nossa conexão e sua beleza.

Um dia, é uma linha que une o futuro e o presente. Um dia não é uma divagação, uma miragem, uma hipótese somente. Um dia é a certeza do que vai acontecer, e só não foi ainda porque o futuro não chegou com a rapidez suficiente. Um dia é a esperança que nos guia quando amamos tanto e tão intensamente que somos guiados por uma convicção de que a vida vai acontecer de um jeito que, sem saber por que, sabemos exatamente. Um dia é uma profecia que se autorrealiza quanto mais estamos em sintonia com a vida da gente.

Um dia, saberemos que nossas ilusões se transformaram em realidade. E que um amor puro, intenso e para sempre era possível ser vivido de verdade. Um dia, daremos as mãos e caminharemos num fim de tarde. E nem iremos nos dar conta como e tão natural será nossa felicidade. Um dia, veremos a casa cheia dos amores que a vida ofereceu com sua prodigalidade. E tudo será tão trivial, mas teremos a mais nítida noção do quanto aquilo é uma construção e não mera casualidade. Um dia, chegará o dia que todo o amor tão real que sempre vivemos parecerá uma fantasia. Mas isso será um dia, um dia...

Amores que murcham

Um caule sem pétalas tem beleza ou é flor na mais crua rudeza?

A vida é um enigma que levamos uma existência toda pra decifrar. E que surpresa quando o mistério desaparece diante da gente, diante do nosso olhar! E consigo finalmente ver o que jamais a vida inteira nem sequer imaginei, nem sequer pensei, nem sequer ousei nem mesmo cogitar. É um espanto platônico, como despetalar a rosa por inteiro e segurar na mão o cabo com seus espinhos pontiagudos e perguntar: foi isso que sobrou da flor? Isso ainda guarda alguma beleza ou é a flor na sua mais crua forma de rudeza?

O que sobrou da flor despetalada é ainda flor ou não é nada? A flor só é flor desabrochada ou enquanto algo existir dela ainda existirá algo da planta delicada? Nunca imaginei chegar a esse ponto: o de olhar subir o letreiro estampando as três letras do "fim" de canto a canto. E eu, com esse galho seco e perfurante entre as falanges, vejo o que sobrou do que foi antes. Uma história de amor ainda existe quando o que resta é apenas um sepulcro violado na neblina? Uma flor só é flor enquanto for plena ou ainda será por menor que seja a sua lasca, mesmo que seja ela tão pequenina?

Eu vi semear esse amor. E vi seus grãos fincarem raízes e seus caules subirem, seus ramos voarem pros lados. E eu vi surgir a primeira pétala e, depois uma a uma, vi surgir todas elas. De membranas coloridas, o espetáculo da vida, a corola de todas, a mais bela. E eu vi desabrochar todo esse encanto, vi o silencioso movimento, sacrossanto, o de assistir a uma semente virar flor e ver toda essa flor se abrir. Eu vi e vivi esse espetáculo em que um grão sorri pro céu ao mesmo tempo em que mergulha no chão.

Eu vi o milagre do amor acontecendo mirando as nuvens e se entranhando sem pudor nas profundezas. Foi assim que eu vi o amor: buscando destinos antagônicos, no infinito da pétala e nos subterrâneos das raízes, como toda flor.

E então eu tive em toda a formosura a flor em minha mão. Sua haste em plenitude e toda a magia escancarada do botão. Mas ninguém é capaz de deter a ventania. E a beleza absoluta que ali jazia, de repente, da noite para o dia, foi se desmembrando, foi seguindo o ar. E as pétalas voaram em redemoinhos de vento, foram cada uma a seu tempo. As flores terminam como terminam o amar. São, às vezes, levadas pelas forças da natureza, invisíveis, mas incontroláveis, pois estão em todo o lugar. Há amores que murcham, ressecam e ficam guardados como flores múmias de si mesmas, mas há amores – e flores – que não ficam. Saem para voar.

E o homem frágil, sempre ele, se pergunta: os despojos são flor? Caule seco é amor? Ou são apenas pedaços de uma totalidade despedaçada? Mas qualquer coisa que exista, por mais negação que seja da flor, ainda é algo, não pode ser nada. Será o amor a trajetória de uma beleza, que germina de uma semente, chega ao apogeu de uma flor e cumpre seu desfecho derradeiro, seu último ato, quando passa a representar a destruição, a repugnância, seu antirretrato? Pois tenho na mão um caule seco de muitos espinhos que um dia já foi uma flor. Talvez ainda seja, seja lá o que isso for.

Eu vi o **milagre** do amor acontecendo, mirando as nuvens

Andar sem rumo

Que os amores ventem, soprem, que as brisas levem as emoções

Como é bom pisar em terra firme! Não importa tanto a direção ou saber pra onde ir. O importante é a sensação durante a viagem. Depois que o mundo desabou e eu desabei dele e nós desabamos juntos e, lá no chão, como crianças, o mundo e eu caímos na gargalhada até chorar de tanto rir, depois dessa enorme gafe, adotei uma espécie de mantra bem pessoal: se você não sabe pra onde ir, você nunca está perdido. E como eu andei sem rumo muito tempo nos últimos tempos, essa frasezinha serviu não só de consolo, mas como um guia mesmo: não, eu não estava perdido. Em relação a que, se não sabia qual era o caminho a seguir?

Mas talvez, mais importante que o destino final, seja a estrada. Mais importante que a chegada é o caminhar. E no amor – lá venho eu jogar essa pedra no caminho – amar suavemente é um exercício de meditação. E meditar é não pensar em nada: não pensar no que será, no que foi. Apenas no que está sendo. Ser um bom amante é ser leve, e essa leveza só existe quando o amor está desconectado de todas as frequências de ruído que um dia já soaram como amor, amores ruidosos do passado, que ecoam nos amores do presente quando os conectamos de alguma forma. Mas basta viver cada coisa de cada vez e ufa!

É tão bom e tão mais fácil ser bom e ser fácil. É tão mais difícil e doloroso ser difícil e doloroso. Um pouquinho de banalidade não faz mal e libera endorfinas e revela nuances do que podemos ter de melhor. O amor não nasceu para ser um teste de alta resistência, de forte impacto, uma maratona em que temos de testar todos os fundamentos, gabaritar

quesitos. Há também o amor que apenas bafeja, é uma aragem, sopra. Não é sólido como a pedra, nem afoga como os mares. Ele venta. É um amor assim que eu gostaria de ser e é um amor assim que eu gostaria que atravessasse meus umbrais.

Porque amores não precisam ser amargos. Não precisam doer. Não precisam ferir. Não precisam causar desespero. Amores podem apenas passar. Como os ventos. E deixarem a sensação de frescor. E podemos sentir na pele a brisa enquanto eles trafegam por nós. E quem quer prender os ventos? Quem quer sequestrar os sopros? Sentir, sentir enquanto a atmosfera do amor os provoca. Porque um dia a calmaria chega e eles se vão. Então, que flutuemos como a pluma, enquanto os amores nos levem, enquanto sejamos leves para que ventos nos levem, para que os amores sejam leves e nos deixemos ir e nos deixar levar. Para onde vai o vento ou até onde, pouco importa.

Que os amores ventem, soprem, que as brisas levem as emoções.

Amores não precisam doer; podem apenas passar como os ventos

Vem morar comigo

Como é a paz? Não sei. Nunca passei por ela. Só ela por mim

A paz. Sensação estranha, calma e insinuante. É a maré que vem e se espalha em minhas areias e avança, inunda os meus relevos. Como a paz pode ser tão volumosa, e como pode ser tão penetrante, e como pode se espraiar tanto por toda a extensão de meu litoral? A paz chega à preamar e se infiltra em mim ao mesmo tempo em que me afoga e me chacoalha e se mescla em mim a tal ponto que já não sei onde termino, nem ela. Somos agora um só, embora eu sinta que ela é passageira. Embora eu saiba que, depois, haverá sóis escaldantes, noites enluaradas, mas escuras. Embora eu saiba que há de chegar a hora das vazantes.

Mas, agora, agora é tempo da enchente. E a paz está na ascendente. Sinto-a em todos os cantos de meu território, em cada grão que existe em mim. A paz que vem das correntes, invade minhas margens e leva pedaços de mim para passear. Para passear dentro dela, para rodopiar em suas ondas e girar em seu ritmo. Oh, paz!, como é bom quando vem, como flui em mim cada gota sua, como sorvo cada segundo em que está sobre mim, ao meu redor, se infiltrando, me envolvendo com sua volumetria, sua substância límpida, cristalina, refrescando minha alma em todas as minhas latitudes. Ah, paz!, deveria vir não só de visita. Por que não vem morar aqui comigo pra sempre?

Porque, eu sei, assim tu não serias tu e eu não seria eu. Porque só somos nós, cada um, porque não somos um. Porque não tenho paz, nem tu tens a mim. A paz jamais me possuiu: inundou-me algumas vezes, isso é verdade. Nas marés altas se sobrepôs e, sim, eu me soterrei, fui o seu leito e ela passou por mim, me remexeu, me afogou. Ficou o quanto quis, pelo tempo que quis e me paralisou, não me envergonho. A paz vem quando quer e, se quiser, faz o que bem lhe entende. A paz é essa enxurrada e eu a absorvo sempre que chega e me inunda com suas doces e suaves marés.

Mas a paz não é para mim nem eu pra ela. E ela se vai. Vai-se de mim e não eu dela. Vai-se como a vazante, corre pro mar, pras profundezas, sei lá pra onde. E me deixa em terra firme vendo-a partir de mim. E o que se infiltrou numa torrente agora jorra para fora, em fuga, levando meus grãos, deixando marcas em minhas costas. Foi-se como veio: sem avisar. E assim há de voltar, eu sei. Ou acho saber. Ou espero. Ou desejo ardentemente. Quem entende a paz são os sábios das correntes, os que conhecem as marés da vida e dos mares e as luas que afetam todos os viventes. E este não sou eu: eu não entendo a paz. Eu a sinto. Quando ela passa por mim. Jamais passei por ela. Ela que vem às vezes me visitar. Sem hora marcada. Sem dia nem data. Ah, paz, sua danada! Como vem assim sem me avisar?

Não sei ao certo se sou um terreno acidentado, sujeito a marés de paz e de tormenta. Eu sei é que de mim não saio. As coisas é que me vêm e a paz é uma delas. Como ela é? A paz é como o mar que extravasa e encobre tudo e todos em suas bordas. E eu estou ali. Ela passa por cima de mim, pelo meio, por baixo e me leva pra cá e pra lá. Me atravessa. É como estar no útero da Terra, no silêncio absoluto, sem atritos, sendo levado e me deixando levar. Mas saiba: a paz é muito impaciente e resolve sair, fugir de repente. É sempre assim. E sempre será. Enquanto isso, eu ficarei esperando por ela. Eu sei que ela chega, só não sei quando. E, quando vier, rolaremos os dois um em torno do outro. Como dois amantes saudosos. Eu e você. A paz é assim.

Mas a paz não é para mim nem eu pra ela. E ela se vai

Entrega total

A plenitude é alcançar um lugar dentro de si mesmo

Não, não vem de mim, nem me pertence essa plenitude. Não sou eu que a provoco. Eu a vejo sinuosa deslizar pelos meus vãos e desvãos, mas não é minha. Ela é uma força que se liberta, a pulsão que se libera, a total entrega, a sincronia celestial entre o sagrado e o profano, entre a carne e o espírito, entre o desejo mais abstrato e o poder mais absoluto. A plenitude do amor, do amor de dois amantes, é quando um rei é soberano e súdito de uma monarca que, ao mesmo tempo, é também uma vassala. A plenitude desse amor é ser tudo. É ser nada.

Vejo da plateia desfilar a plenitude dos impulsos propelidos do epicentro para as superfícies que se tocam. Essa plenitude que se alcança apenas quando todos os grilhões estão rompidos e um ser finalmente se permite ser si mesmo, sem vergonha, sem recato, sem pudor. Ninguém leva ninguém à plenitude. Essa é uma peregrinação de alguém consigo mesmo. E a plenitude é chegar a um local dentro de si. No amor, o outro não é o nosso caminho, nem nos faz chegar ao nosso destino. A plenitude é uma jornada que pode acontecer a qualquer momento, em qualquer lugar, mas antes de tudo se situa em nós.

Por isso, não, não, não. Sou apenas testemunha dessa plenitude. Não sou causa nem efeito. Assisto como quem depara com um fenômeno. Como a aurora boreal, como o eclipse lunar, como o crepúsculo. Vejo as forças do universo em plena fruição. E constato que sou apenas um ser diante de um acontecimento. Ninguém é autor de eclipses, ninguém rege o firmamento. Ninguém produz as plenitudes. Tudo isso acontece ou não acontece e tudo isso temos ou não temos o privilégio de admirar. Mas tudo isso acontece muito além de nós, pelo alinhamento dos astros que o destino, às vezes, nos oferece a ventura de presenciar.

O homem frágil se pergunta como os imaginários dos amantes seriam capazes de descrever a plenitude. Como seria enxergá-lo e descrevê-lo pela lente feminina? Seria como a flor que desabrocha até a máxima extensão das pétalas? Seria o leite que jorra das mamas carregadas para apetecer a fome insaciável do rebento? Seria a seda que eriça mais a pele quanto mais suave for sua textura? Ou a plenitude da mulher não cabe em qualquer metáfora? É simplesmente ser o que quiser, como quiser, sem pensar, sem paralelos, sem racionalizações, sem pudores, repressões, sem ontem, sem hoje, sem amanhã, só o agora?

Pois a plenitude vista pelo homem frágil é o dia da Criação. É quando o átomo primordial explodiu e formou todo o universo. A plenitude é um evento cosmológico. É uma reação nuclear que desencadeia a formação de todos os astros, as estrelas, os planetas, os sóis, os meteoros, as órbitas, os satélites. É quando tudo se desdobra na velocidade da luz, e caos e harmonia convivem em perfeita comunhão. E há mares revoltos, tempestades e calmarias, lagos serenos e furacões, *tsunamis* e ilhas paradisíacas, paz absoluta e tormenta incomparável. A plenitude pode ser tudo isso, pode não ser nada disso. Apenas quem a vê ou a alcança sabe como ela é. E a única coisa que se pode dizer é que cada um sabe o que é a plenitude que conheceu.

Como os amantes seriam capazes de descrever a plenitude?

Pelo avesso

Felicidade na vida não é pra ser encontrada, mas compreendida

A felicidade? Não existe. Nunca existiu. Nem existirá. Então virastes um pessimista, um agourento, um sinistro, um nebuloso? Não! Estou mais otimista do que nunca! Olho tudo e me encanto como tudo é tão maravilhoso! E não há em mim nada de contraditório. A felicidade não existe porque não é algo que se encontra. É, antes, um encontro. Um encontro que se tem ou não se tem dentro de si mesmo. A felicidade, não adianta procurar, porque não está lá fora. Não adianta ir atrás dela. Ou ela está em alguém ou não estará em lugar nenhum da Terra. É algo que acontece nas nossas profundezas e não nas imediações. Por isso a felicidade não existe. Ela é uma para cada um e pode ter inúmeras definições.

A minha felicidade eu percorri o mundo todo, peregrinei como um cavaleiro em busca do Graal. Fiz de tudo, fui atrás de toda pista, para saber onde estava ela, afinal. Eu atravessei os precipícios, eu escalei as verticais escarpas, eu rocei a calha dos caudalosos rios e nada! Nada da felicidade eu encontrei, mas não desisti de minha busca. Eu não sabia, nem poderia saber àquela altura, que ela estava dentro de mim e que eu é que precisaria me encontrar para que chegasse ao fim minha procura.

Cansado, calejado de tão vão e exaustivo esforço, um dia nem sei bem por que, resolvi mudar totalmente meu plano de voo. Desconfiei que a felicidade podia estar em mim. Mas, então, antes de achá-la, saí a me procurar. Pois só me encontrando eu poderia encontrá-la. E aí eu me conheci, foi a mais reveladora e surpreendente viagem. Quanta escuridão, quantos vazios! E fui me percorrendo, conhecendo os meus desvãos, arrombando meus porões, me abalando em descobrir o que eu sou e sentindo subir na espinha eletrizantes calafrios.

Encontrei a mim e agora era só procurar por ela. A felicidade estava aqui dentro. Mas onde? Como? O mais difícil da jornada eu já havia descoberto: eu mesmo, onde a felicidade reside, sua morada. Mas em que lugar de mim estaria localizada? Revirei-me de novo pelo avesso. E me senti feliz, pois me conheci melhor, mas nenhum sinal, nenhum vestígio dela vi dentro de mim. E foi então que recomecei. Mudei totalmente de estratégia e passei a procurar de outro jeito. A felicidade não é algo que se encontra. É algo que se vive, se sente, a gente simplesmente se dá conta. Agora eu a via em seu estado natural, rarefeito. E vislumbrava seu brilho especial: dar ao banal ares de perfeito.

Felicidade é ir dormir e acordar no outro dia. E perceber que isso não é um fato consumado. É o primeiro milagre que acontece logo que o dia amanhece. Felicidade é toda a alegria, mas é também sobreviver ao que é triste. Felicidade é perceber o privilégio em tudo o que existe. Felicidade não é um momento, um lugar, nem uma coisa. Felicidade é uma percepção que vem de dentro e que transforma tudo e todos ao redor. Ninguém vê, ninguém toca, ninguém acha, ninguém perde. Felicidade é como uma alma que habita a vida. Felicidade a gente sente e está em nós. Não é pra ser encontrada. É pra ser compreendida.

É algo que se vive, se sente, simplesmente nos damos conta

O coro dos amores

De onde surgem os sopros que mudam nossos destinos e vidas?

Um sopro, um sopro que exalado quase como um suspiro reverbera no vento e atravessa os tempos numa corrente contínua chamada destino, chamada história, chamada vida. Penso nisso diante das colunas do Partenon, em Atenas. Ruínas de um velho templo. E me lembro de seres, hálitos, bafos humanos que habitaram aqueles solos: Aristóteles, Platão, Sócrates. Como o sopro de um ser pode reverberar por vidas, séculos, milênios? De onde surgem os sopros que mudam o nosso destino e nossas vidas?

Não, não falo aqui de filosofias. Profundo demais, abstrato demais, intangível demais. Falo do amor ao me lembrar dos fundadores da ciência do pensamento, arfando e lançando ao vento suas primeiras revelações. E como esses ares foram sendo levados pelo vento até chegarem aos nossos ouvidos de hoje; e de como aquelas vozes falavam para o infinito e para o eterno; e como é misterioso apenas imaginar de onde surgiu o respiro que produziu aquela expiração que até hoje reverbera.

Que força poderosa e sublime têm o eterno e o infinito, mesmo que pareça fugaz e esparso como um sopro, um sopro lançado um dia ao ar, numa manhã, numa tarde, na noite profunda. Suas ondas? Até quando serão captadas e por quem?

Pois o homem frágil escuta o mundo como jamais ouviu e se faz ouvir como jamais soprou. Quantos ruídos, quanta balbúrdia, mas também quanta sintonia, quantas sinfonias do mais elevado amor ecoam nos meus tímpanos e os sopros, os sopros, irão reverberar eternamente assim como as falas de Platão na Academia? Os sopros do amor serão sempre eternos ou se dispersam no ar e se perdem no vento?

Não. Eu acho, apenas acho, já passei da etapa do saber, que os sopros estão sempre nos rondando. Somos sopros de amores outros, e amores outros continuam soprando em nós. Sopros que sopraram e que já foram, mas nunca se vão. Como o sopro de Platão. E o amor termina sendo uma sinfonia de sopros acumulados numa vida e, a cada momento, somos ou ouvimos o amor solista que performa em grande estilo, no palco que carregamos no peito. O solista sopra seus acordes mais exuberantes e que hipnotizam todos os sentidos. E enquanto canta é a voz de toda a plenitude, até que um dia eternize seu canto ou se eternize como uma voz no coro dos amantes, um sopro, um sopro que reverberará sempre, através dos tempos, mesmo silenciosamente, assim como os suspiros de Platão.

Somos sopros de amores outros, e amores outros continuam soprando em nós